MORT SANS LENDEMAIN

DU MÊME AUTEUR

Courrier Posthume, roman, éditions Régine Deforges, 1990.

SYLVIE GRANOTIER

MORT SANS LENDEMAIN

Editions Ramsay
9, rue du Cherche-Midi
75006 PARIS

ISBN : 2-84041-021-4

MARTIN

Martin jeta un coup d'œil résigné au cadran : cinq heures, pas d'erreur.

— Bon Dieu, murmura-t-il.

Sa tête résonnait comme une calebasse et c'était mercredi, jour de réunion de la rédaction.

Il se tourna avec précaution vers l'intérieur du lit et constata qu'il était seul. Il ferma les yeux dans un effort douloureux de concentration sans parvenir à évoquer les événements de la veille, puis renonça à élaborer sur l'absence de Françoise. A quoi bon se rappeler la probable litanie des reproches concernant son égoïsme, sa froideur, sa peur de l'engagement... Que ceux qui confondent affectivité et profondeur et prennent leur exigence de réciprocité pour de la générosité aillent s'adresser ailleurs !

Il voulait parler des femmes, bien sûr.

Il se vit bander à travers le drap, ce qui le mit de bonne humeur.

Il descendit l'escalier raide, le temps d'un long bâillement, traversa le grand séjour obscur et n'alluma qu'une fois rendu dans la cuisine.

Une fine couche de gel doublait le vitrage de la porte-fenêtre ouvrant sur le jardinet. Martin mit sa vieille cafetière en route, découpa quatre épaisses tranches de pain bis, les fit griller et sortit d'un garde-manger une assiette de jambon cru et un morceau de fromage.

Il s'installa à la grande table de bois, mangea de bon appétit et vida dans l'évier l'Alka Seltzer qui avait fini de grésiller dans son verre d'eau.

Il remit tout méthodiquement en place, rinça et essuya bol et couverts, puis s'interrompit, torchon en l'air.

Où diable avait-il mis la cassette de l'entretien avec l'ambassadeur saoudien ?

Il n'était pas repassé par le journal, hier soir. Il se revoyait la sortir de l'appareil pour la glisser dans sa poche, après avoir vérifié, comme d'habitude, que le début et la fin étaient audibles. Cela, avant de prendre congé. Il était certain de l'avoir ressortie de la poche de son pardessus, à peine rentré chez lui, avant de suspendre le vêtement dans le placard de l'entrée.

Bien sûr ! Le bon vieux principe de la lettre cachée... Il alla récupérer la cassette au milieu de ses semblables, sur l'étagère à musique, où se mélangeaient, au gré de ses goûts changeants, disques, compacts et cassettes, démontrant une fois encore que le désordre matériel est le garant d'un esprit ordonné. Non seulement il ne perdait rien, mais il appréciait la poésie incongrue d'objets oubliés surgissant d'une manche de pull-over ou du placard à épices : un carton d'invitation périmé, une lettre d'insultes... une fois même, un bas unique et mystérieux.

« Au fond, je suis un romantique », se dit-il, ravi.

En haut, dans la salle de bains mansardée qui séparait sa chambre de son bureau, il se pesa consciencieusement, se regarda sous tous les angles dans le grand miroir du fond et, s'attrapant les hanches à pleines poignées, se dit qu'il n'avait pas joué au tennis depuis un bon bout de temps.

Il se rappela le dîner chez les Millet qui serait vraiment assommant si Françoise refusait de l'y accompagner. Décidément, elle allait bientôt se perdre dans la cohorte des femmes inquiètes, quêteuses de simulacres sentimentaux à trois sous.

Il revit la soirée en un éclair : Françoise s'évertuant à faire aller la conversation, chose qu'il exécrait, puis, devant son silence obstiné, l'aiguillonnant de questions de fine psychologie sur le silence comme forme de lâcheté, sur ses difficultés à exprimer autre chose que des idées, sans jamais se risquer dans le puits de ses vraies émotions.

Il aurait cru qu'elle le connaissait mieux, depuis le temps... L'ennui profond et sincère qu'exprimait son visage avait fini par vaincre les touchantes tentatives de dialogue de sa compagne qui, passant d'un extrême à l'autre, en l'occurrence de la froideur aux larmes, avait voulu quitter le restaurant. Détestant les scènes publiques, ou privées d'ailleurs, il l'avait retenue et rassérénée.

Il s'apprêtait à rentrer à Montmartre quand, d'une voix sèche, elle avait exigé qu'il la dépose chez elle. La Motte-Piquet-Grenelle. L'autre bout de Paris. Il avait obtempéré sans commentaire. Devant chez elle, il l'avait prise dans ses bras, embrassée passionnément jusqu'à ce qu'elle annonce d'une toute petite voix exaspérante qu'elle voulait bien rentrer avec lui. Il avait rétorqué qu'il ne voyait pas pourquoi, et conclu sur un « à demain » fort amical.

Lui, au moins, était cohérent.

Mais justement, c'était aujourd'hui et il ne tenait pas à se taper seul la soirée chez les Millet.

Il rédigea rapidement un petit télégramme tendre qu'il envoya par téléphone et se dit qu'à force de durer, une histoire se rapproche d'autant de sa conclusion.

Il sentit l'ombre de la vieillesse le gagner et finit de s'habiller en vitesse.

Dans la rue encore noire, il frissonna. Il avait froid. Il faisait froid. C'étaient vraiment des horaires contre nature.

Une silhouette grise passa devant la maison tandis qu'il faisait chauffer le moteur de sa voiture. Il se sentit moins seul.

CLAUDE

Claude repoussa la femme qui menaçait de l'écraser contre le mur, d'un geste plus féroce que taquin.

— Allez, ouste, va prendre ta douche.

— Il est trop tôt. Laisse-moi dormir un peu.

— Pas question. On a à faire.

— Pourquoi tu te lèves pas, toi ?

— Et de un, parce que je me suis couché à deux heures. Et de deux, parce que je dois réfléchir.

— Encore.... Hé, allez, sois gentil, pour me donner du courage.

— T'en as donc jamais assez ? Allez, allez, du balai, garde des forces pour ce soir.

— Salaud.

Stalactites graisseuses de chairs amollies tressautant hors du lit. Epiderme lacté, blancheur opaque du liquide bovin, vite remplacée par les stries rouge sang de l'envers des paupières.

Ne pas se laisser aller à être soi-même. Pas encore. Ce n'était plus qu'une question d'heures. Garder une attitude mentale positive. Sa rousseur parfaite, ses jambes élégantes. La robe n'allait pas. Il le sentait. Si près du but, ne pas trébucher sur un détail. Ils avaient le temps.

En finir, seul avec lui, par un affrontement direct, effacer les années et renaître neuf, peut-être.

Ne pas dormir, réfléchir, revoir pas à pas tout le chemin vers la délivrance.

Il avait fermé les yeux sur une souffrance secrète. Elle l'aurait volontiers pris dans ses bras, bercé jusqu'à ce qu'il détende son corps méfiant.

Elle tira sur sa combinaison, ajusta la robe soyeuse sur sa peau. Il n'y avait jamais de glace en pied dans ces hôtels minables. Elle avait connu mieux.

Elle se dégagea le visage pour s'observer de près dans le miroir du lavabo. Elle ne serait jamais sûre de lui. Il se tourmentait tellement. Il était trop intelligent. Mais si leur coup réussissait, il ne pourrait plus la lâcher.

Elle commença à se maquiller.

— Pas trop, les yeux. Tu feras la bouche ce soir. Retourne dans la chambre. Je veux prendre une douche.

— Je sais comment t'es fait, quand même.

— Il y a des choses que tu ne comprendras jamais.

Pour se rattraper, il lui toucha la joue du dos des doigts. Flasque, tiède, élastique, mouvante et comme prête à se refermer sur lui. Il récupéra ses doigts intacts.

Un petit trou de chaleur tendre au cœur. C'était un enfant. Il croyait qu'elle aimait ça, alors qu'elle avait endormi son corps depuis des années. Ça la rassurait, c'est tout, comme une preuve que la mort ne l'avait pas encore gagnée. Elle se méfiait de la mort qu'elle croyait fourbe, prête à profiter du premier moment d'inattention. Ce serait si affreux, le froid, le silence, l'écoulement ininterrompu d'un temps monotone et infini.

De peur, elle appela un peu trop fort :

— Je t'attends ?

Le crépitement de la douche cessa net et la porte s'ouvrit sur son visage crispé, tandis qu'il tranchait l'air furieusement de la main :

— C'est bien la dernière fois que je te laisse dormir avec moi.

Il pensa : « Forcément, la dernière fois. »

— Tu retournes discrètement dans ta chambre. On se retrouve au bistro et on va finir les courses. Combien de fois il faut te dire les choses.

— Crois-moi, je n'ai aucune envie de te dénoncer publiquement, mais je n'ai plus le choix... Il ne tient qu'à toi...

— Suzanne, merde, à la fin. Qu'est-ce que tu as ce matin ? Oublie-le une fois pour toutes. Ou alors, si tu préfères arrêter et recommencer comme avant... C'est aussi pour toi que je fais tout ça...

— Je sais. Pardon. C'était pour rigoler.

— Tu as des plaisanteries dangereuses. Et franchement, aujourd'hui, j'ai pas le cœur à rigoler.

— Ça, c'est gentil. Mais demain, ce sera fini. T'en fais donc pas.

Il pensa : « Sa connerie est sans bornes », puis : « Vivement demain. »

ANNE

Anne soupire en se posant la question qui rythme inlassablement ses jours et ses nuits : « Qu'est-ce que c'est que cette chambre ? »

Elle referme les yeux, au cas où le sommeil traînerait encore dans le coin.

Ricardo dort dans la cabane aux planches disloquées et elle marche de long en large sur la grande plage déserte. Elle pleure parce qu'elle sait qu'elle n'y arrivera jamais.

— J'ai préparé le petit déjeuner.

Il est là, debout à côté du lit, un plateau entre les mains. Il s'est coupé en se rasant. Il a les cheveux humides, le regard tendre.

— J'ai essayé de ne pas faire de bruit. Il faut que j'aille travailler. Je serai là vers midi et demie. J'achèterai à manger. Tu peux dormir. Le café est dans un thermos.

Pourquoi tombe-t-elle toujours sur des types comme ça ?

Elle sait fermer son visage juste assez pour qu'ils n'osent pas l'embrasser.

Il reste plié au-dessus d'elle, esquisse un sourire de traviole.

— Je pose le plateau là. La cuisine est à droite.

Deux pas vers la porte. Arrêt. Glissement, retournement.

Elle ferme les yeux pour qu'il disparaisse plus vite.

Ricardo tremble de tout son corps maigre et s'agrippe à elle qui retient son souffle. Elle concentre tout son amour pour qu'il n'ait plus peur. Avec le retour du jour, il redeviendra rude et fier et filera sans explication vers d'autres villes, vers d'autres bras, jusqu'à ce qu'un caprice le rejette vers elle qui l'attend, qui ne sait plus qu'attendre.

Lui ou un autre.

Le lit lui semble moite, imprégné d'odeurs étrangères. Elle guette le bruit de la porte d'entrée pour se lever et sent sa journée lui tomber dessus, lourde de contraintes : les enquêtes à rendre et pas un seul formulaire de rempli. Trente francs en poche, à peine un petit déjeuner au bistro.

Dans la cuisine, elle trouve un fond de rhum qu'elle avale vite car elle n'aime pas le rhum.

Par principe elle fouille l'appartement.

Mieux qu'un taudis, il respire la misère. Le placard aux sous-vêtements en vrac dégage une odeur sure. Les vitres poisseuses et leurs grands rideaux en tissu indien affadissent une pièce déjà terne. Ce n'est ni propre ni crasseux, c'est dégoûtant.

Un journal intime lui fait espérer un peu de trouble, ne serait-ce que de la matière à regret, mais non, il est bien tel qu'il lui est apparu, bondissant derrière un briquet pour lui allumer sa cigarette, au « Rosebud ».

Elle était déjà un peu faite.

Il lui a payé un chili.

C'était la première fois qu'il mettait les pieds dans ce bar. Récemment nommé à Paris, il n'en revenait pas d'avoir levé si facilement une fille qui n'avait même pas une tête à ça.

Qu'elle le suive docilement jusque dans son lit, loin de la déprécier, avait auréolé de magie leur rencontre fortuite.

Elle a envie de lui écrire la vérité dans son cahier, mais il pourrait croire qu'elle se moque de lui quand il ne s'agit que d'elle.

Elle est tentée d'appeler ses parents pour se décommander, mais elle sait d'avance le silence au bout du fil, le toussotement, la voix fêlée :

— Oui, je comprends. C'est papa qui va être déçu.

Elle ira et elle quémandera de l'argent, de quoi se payer une chambre avec salle de bains ; ce sera sa récompense.

Elle reste assise au petit bureau un moment. Elle ouvre le bloc de papier à lettres, mais il y a longtemps qu'elle ne sait plus écrire de lettres.

Ses anneaux lui font mal aux oreilles et son pullover sent un peu. Une occupation de plus pour la journée.

Elle se poudre le visage très blanc pour cacher les rougeurs du matin et tire la porte derrière elle.

MOI

Cette journée qui commence va faire basculer quatre vies dans l'inconnu.

A quoi vous me répondrez que les vies n'en finissent pas de basculer dans l'inconnu. Je dirai donc : dans l'imprévisible et, si vous êtes honnête, vous constaterez qu'après coup, vous avez toujours su distinguer la part logique de la part fortuite des événements de votre vie.

Par exemple, ma vie aussi a basculé suite à cette journée, en surprenant plus d'un, mais pas moi, qui n'ai fait qu'obtenir ce qu'à l'insu de tous, je poursuivais depuis des années.

Il n'a pas toujours été simple de reconstituer l'ensemble des pensées, événements et coups du sort qui m'ont permis d'arriver à mes fins, mais j'ai reçu quelques concours précieux qui m'ont permis de pénétrer au cœur même de mes héros opaques.

Il était inévitable que la tâche me revienne de tout raconter.

A tous ceux qui ont bien voulu m'aider, merci.

CHAPITRE UN

Donc, à six heures quinze, Martin arrivait au journal, déposait la cassette de l'interview à une secrétaire et redescendait au troisième pour la réunion de rédaction. Il était en verve et ses commentaires sur le laisser-aller général qu'il avait observé dans la rédaction des papiers ces derniers temps agacèrent tout le monde. Il ponctua son propos d'un : « Le style, messieurs, le style ! », lancé sur des modes différents, emphatique, ironique, critique, et qui ne fit rien pour sa popularité auprès des journalistes.

Maryse, la stagiaire, trouva le moyen de croiser son chemin par trois fois, arborant un visage de souffrance orgueilleuse, réprobatrice mais contenue car Martin était un homme à femmes. Ce singulier suivi d'un pluriel flatteur, ou désobligeant, c'est selon, l'avait bien aidé à mettre sur pied — d'argile — un *ego* colossal.

Ainsi, il avait engagé Maryse pour ses rondeurs sympathiques, n'avait eu aucun mal à la mettre dans son lit de rédacteur en chef, non plus qu'à s'étonner que la petite histoire qui avait suivi, ne soit petite que pour lui. Il avait même fini par se persuader qu'elle s'était jetée à sa tête.

S'il maugréait intérieurement devant le spectacle agaçant des yeux battus de la jeune fille, en réalité, il y trouvait une confirmation de son charme, d'autant qu'elle s'était bien gardée de lui réclamer la clé de son studio. Promesse implicite de retours de flamme espérés.

Françoise l'appela, tout émue de son télégramme, ayant déjà passé l'éponge sur ses nombreux griefs. L'esprit de Martin partit en maraude.

Une suite de prénoms surgirent en désordre de sa mémoire, se confondant en un seul visage imprécis et changeant. Toutes ces chairs pénétrées, épuisées, à la recherche d'un abri provisoire... Chaque jour de sa vie accumulant les événements, les chiffres, les hommes, auxquels il fallait trouver un sens illusoire bien sûr, puisqu'il ne s'agissait que de venir à bout de chaque jour et de chaque nuit.

La crise de la cinquantaine ? se demanda-t-il en fixant sans la voir la lézarde qui se creusait au plafond de son bureau. Faudrait-il en parler à Bourlin, son médecin et ami qui le considérait comme son pire patient ? Mais comment passer du corps à l'âme ?

C'est pour échapper à ce mot, sans doute, qu'il décida d'aller à pied jusqu'à l'Assemblée et de faire un détour par une galerie de la rue Guénégaud où il se laissa rassurer par les œuvres d'un peintre qui, contrairement à lui, avait un point de vue sur le monde.

Il déjeuna avec un député débonnaire et ils s'amusèrent ensemble des confidences, souvent vraies, parfois inventées, de l'homme politique, qui semblait mettre Martin au défi de les utiliser.

De l'avis général, il n'y eut rien de particulier dans son comportement alors ni plus tard.

Il passa l'après-midi à des corrections d'articles, quitta le journal vers dix-huit heures trente et, se piquant d'être d'autant plus égalitaire qu'il était conscient de sa supériorité, échangea quelques mots avec le portier dans sa cage de verre. N'ayant pu débaucher son seul véritable ami, Michel, dont l'épouse avait organisé une sortie studieuse dans un théâtre de banlieue introuvable qui les obligeait à partir de chez eux deux heures avant le spectacle, Martin décida d'aller seul au « Village ».

Il s'installa à une petite table, commanda un bourbon, alluma son premier cigare de la journée et se plongea dans la page littéraire.

Une femme fit son entrée. Seule. C'était assez inhabituel pour que Martin lui accorde plus qu'un coup d'œil distrait. Il ne le regretta pas. Elle avait dans les quarante ans mais elle était formidablement excitante. Elle croisa les jambes en s'asseyant, chevilles fines, genoux déliés, mollets arrondis. La peau très blanche, les yeux cernés, maquillés de noir à l'italienne, la chevelure rousse, l'air inquiet. De derrière son journal, Martin la dévora des yeux.

Elle sortit une cigarette de son sac, demanda à téléphoner, se leva. Elle portait un tailleur cintré de bonne coupe. Elle avait des fesses rebondies.

Tel que je le connais, Martin dut se dire, en frémissant comme un gardon :

« Du calme, mon vieux, du calme. »

Anne est contente, installée au fond d'un troquet assez beau pour lui faire sa journée, venant de découvrir au fond de son sac cent francs que le jeune homme seul a pu y glisser, ce qui le fait gagner en mystère. Avait-il compris qu'elle allait partir ou craignait-il, qu'elle ne reste par nécessité ?

Elle regarde la grande salle, temple païen soutenu par d'immenses colonnes de stuc, le long comptoir en J, les billards de l'arrière-salle et tous les consommateurs concentrés autour du zinc, trop pressés pour s'asseoir, éludant leur solitude le temps d'une bière ou d'un calva.

Dans l'euphorie du moment, elle remet ses enquêtes au lendemain, commande un café noir très serré, une tartine, et, entre plusieurs tentations, opte pour la vodka comme compagne du jour, un jour doux, parfait, sans événement, où elle ira voir où en est la destruction du quatorzième.

Un jeune Noir finit par lui adresser la parole, mais la conversation tourne court car il veut quelque chose d'elle : qu'elle prétende qu'il est chez lui dans ce pays où elle n'a jamais été chez elle.

Par politesse, elle s'en va la première, lui abandonnant le terrain, puis se laisse séduire par un vieux assis sur un banc, qui sent le savon, avec son béret bien ajusté, sa chemise boutonnée jusqu'au cou, très immobile, les mains sur les genoux, comme dans une salle d'attente.

Elle va s'asseoir à côté de lui et attend aussi.

Quand elle s'est représenté le petit appartement dont il va être expulsé, sa femme morte, ses parties de dame au square, le journal de la veille récupéré chaque matin à côté de la poubelle où un voisin les empile à l'intention de la concierge qui a une combine pour les vendre au poids à un chiffonnier, elle arrête d'espérer qu'il va lui parler et reprend la route.

Elle aime les vieux. Il y a eu une petite vieille rencontrée dans la rue qu'elle est allée voir tous les mardis jusqu'à sa mort prévisible quelques semaines plus tard.

L'après-midi, elle suit deux squatters revendeurs d'herbe, à trois rendez-vous inquiets. Ils mettent un temps fou à la repérer. Ils ne feront pas long feu.

Elle s'est promis d'aller chez ses parents à pied, histoire de traverser la Seine, ce qui est toujours bon pour le moral, mais elle ne se sent pas le courage de marcher.

Elle prend un taxi sans en tirer le moindre plaisir et comme il est tôt, va s'asseoir dans le petit square en face de la gare du Pont-Cardinet.

C'est l'heure des sorties d'école, des femmes rentrant du boulot, leurs cabas chargés, des parties de boule et des promeneurs de chiens impatients. Mais rien ne l'amuse, aujourd'hui.

A sept heures et demie, elle monte l'escalier au tapis rouge usé au centre. Sa mère est en tablier et repart dans la cuisine.

Ça sent le poisson frit et la moisissure. Anne sait bien pourtant que ça ne peut pas être de la moisissure.

La table est mise et son père y est assis avec le journal. Il se lève pour l'embrasser et l'emmène jusqu'aux deux fauteuils à côté de la verrière qui donne sur les rails de la gare Saint-Lazare, comme l'appartement de ce matin sur ceux de la gare Montparnasse.

Il allume le lampadaire en plus du lustre qui éclaire déjà la table.

— Ça va ? demande-t-il timidement. Tu as l'air bien.

— Et toi ? Ta jambe ?
— Pas si mal. Elle me sert de baromètre.
Il baisse la voix.
— Ta mère s'inquiète pour toi, mais ne t'en fais pas.
Il lui sourit, la désespérant pour la nuit.

Suzanne était allée téléphoner parce que Claude le lui avait demandé. Elle ne s'accordait plus aucune initiative depuis qu'il l'avait prise en main quelques mois auparavant. Une aubaine pour cette femme qui venait de franchir le pic de ses espérances et abordait le versant en pente raide du vieillissement, sans possibilité d'escale.

Elle avait tout de suite repéré Martin et, ressortant de la cabine, les yeux mouillés de larmes, avait tourné son visage vers lui.

Elle nota, probablement, qu'il avait le même costume que Claude, gris foncé un peu brillant, chemise bleu nuit, mais ne dut point s'en étonner. Elle avait fini par croire que Claude possédait un pouvoir magique sur la vie et qu'il ordonnait tout ce qui arrivait.

Elle leva son regard bleu délavé vers Martin qui se tenait déjà devant elle :

— Pardonnez-moi. Mon métier m'a donné des habitudes de curiosité parfois déplacée. Je peux peut-être vous aider ?

Martin est le prototype du bon genre, du bellâtre, disait Claude, un peu injustement : très grand, assez blond pour s'argenter sans violence, une mèche lui retombant constamment sur les yeux, le visage marqué par le rire qu'il avait facile, l'œil vert d'eau.

Suzanne baissa les yeux d'un air désolé.

— Je peux m'asseoir ? demanda Martin en s'asseyant. Vous attendez quelqu'un ? Je suis sans doute indiscret mais j'ai été pris d'une envie irrésistible de venir vers vous.

— C'est quoi, votre métier de curiosité ?

— Je suis journaliste... diplomatique. Pas toujours, comme vous pouvez le constater.

Et il parla de lui, ce qui a toujours été sa spécialité. Une franchise désarmante, un peu d'ironie, un narcissisme déroutant.

Elle ne dit rien. Elle n'était ni rétive, ni engageante, presque absente.

En vérité elle se taisait parce qu'elle ne savait pas quoi dire et qu'elle s'ennuyait facilement, un défi très excitant pour un homme comme Martin, habituellement considéré comme un interlocuteur de choix.

Et puis elle avait un parfum fort, mêlé à une odeur de poudre de riz qui évoquait irrésistiblement l'enfance, une amie de sa mère précisément qui l'avait pressé contre sa poitrine, balbutiant au milieu de ses sanglots :

« Mon pauvre petit ! » Et lui, perdu, enfoui entre ces seins opulents, au bord de l'étouffement, s'était raidi de haine contre cette femme qui le troublait au moment même où il s'efforçait de se montrer digne du grand événement de sa vie : la mort de sa mère.

Suzanne eut une initiative pourtant, la malheureuse, qui faillit tout faire tourner court. Elle lui toucha le pied sous la table ou quelque chose comme ça et Martin trouva soudain la situation trop facile, ou trop compliquée, sans s'expliquer pourquoi.

Toujours galant, il proposa de la déposer quelque part puisqu'il était en voiture et que, malheureusement, on l'attendait pour dîner.

Elle répliqua aussitôt :

— Vous n'avez aucune envie d'aller à ce dîner.

Eberlué, il éclata de son rire sonore et dit tout à trac :

— Vous avez parfaitement raison. On dîne ensemble ?

Et c'est ainsi que Claude les vit passer, depuis la terrasse du drugstore où il attendait.

Il finit tranquillement son bourbon et emporta ses deux club-sandwichs pour les manger dans le métro. Il tâchait de toujours marquer son mépris pour les nécessités de la vie.

Il se sentait noué et voulut s'abstraire de la foule lasse qui encombrait les wagons de la ligne Nation-Etoile, de toute façon trop exotique pour son goût.

Une image n'en finissait pas de s'imposer à lui : deux pouces pressant la chair jusqu'à épuiser la petite palpitation irritante qui frémissait sous ses doigts.

Non, vraiment, cela ne devrait poser aucun problème.

Puis il essaya de se réjouir de sa première soirée tranquille depuis un bon bout de temps.

Ce n'est que lorsqu'il eut déniché, de sa cachette derrière la barre coulissante des rideaux de sa chambre, le précieux volume relié de cuir rouge qu'il se sentit apaisé.

Il s'installa à la petite table qu'il avait soigneusement essuyée, dévissa son stylo à encre à la plume épaisse et commença la mise à jour de son journal intime.

J moins un. La grosse a été longue à dégrossir. Le temps m'a manqué pour une entreprise de cette envergure. L'efficacité primant, j'ai mis au point une méthode nouvelle consistant à lui faire apprendre par cœur une série de phrases que je l'habituais à répéter à l'improviste jusqu'à ce que le débit s'harmonise avec l'intention.

Il m'a semblé que sa capacité d'improvisation se développerait d'autant mieux qu'elle aurait des repères automatiques sur lesquels s'appuyer.

Ainsi se fait l'apprentissage de la langue chez le petit enfant.

J'ai revêtu moi-même le costume du traître jusqu'à me confondre avec lui, tout en sachant que ses réactions, sans être numériquement infinies, n'en sont pas moins infiniment variables. Disons que le terrain est balisé au maximum des capacités réduites de l'appât et des miennes, évidemment ou heureusement, supérieures.

Je dois noter un problème inattendu auquel je fus confronté, une indécision soudaine face au choix simple du costume dont je ne savais plus qui, de lui ou de moi, penchait pour la robe ou pour le tailleur.

Claude demeura la plume en l'air, l'œil dans le vague. Une paire de fesses larges et blanches s'abattait avec vigueur, à coups répétés, sur une croupe épaisse et molle, le dos gras et luisant était marqué en son milieu d'une touffe de poils noirs et quelques boutons blancs s'épanouissaient sur les omoplates.

Claude sentit un filet de bave couler à la commissure de ses lèvres. Il avait soudain le souffle court. Il se jeta à plat ventre sur le lit et étreignit l'oreiller.

Il se releva pour ouvrir la fenêtre et aspirer de larges bouffées d'air, fit quelques flexions et retourna à la table.

Mes dépenses se montent aujourd'hui à 4 500 francs, ce qui, malgré quelques frais imprévus, me fait demeurer largement au-dessous de mes prévisions.

Je considère que la révision implacable commence demain, sa première partie ne devant pas poser de problèmes notoires.

La suite m'intrigue, car si le sujet dévie de la trajectoire prévue, il me faudra réagir vite.

La justice est mon ambition et mon intérêt personnel, inexistant.

Je vais maintenant dormir car il me faudra être détendu à la première heure.

J'oubliais... j'ai finalement opté pour le tailleur. Apparemment c'était un bon choix puisque la première partie du plan s'est déroulée sans incident.

Une demi-heure plus tard, ayant à nouveau camouflé son cahier, après une toilette minutieuse, Claude s'endormit d'un sommeil sans rêve.

A table, Anne essaye d'animer la conversation dans tellement de directions qu'elle en est étourdie. Sa mère garde un silence réprobateur qui signifie une mise au point « entre quatre z'yeux » à la fin du repas.

Son père fait des efforts louables, mais il attend d'elle des informations sur la vie sans réciprocité. Il pense probablement ne pas en posséder de valables.

Finalement, la mère annonce la nouvelle qu'elle couve depuis l'arrivée d'Anne : le mariage de la dernière fille célibataire de la famille, abstraction faite d'Anne, bien sûr, avec le propriétaire d'un garage bien situé, sans parler de la maison y attenant. Les parents sont gentils. Juliette arrête de travailler.

— Tu viendras au mariage ?
— S'ils m'invitent...
— Pourquoi ne t'inviteraient-ils pas ?
— Le mouton noir de la famille.
— A qui la faute ?
— Allons, Michèle !
— Laisse tomber, papa. Maman a raison.

Elle entame une phrase et pense s'étouffer dessus. Elle n'a plus l'habitude de parler ni le goût. Elle avale son verre de vin d'un trait et propose de débarrasser la table.

— Non, non, j'ai à te parler. J'aurai tout le temps de ranger, alors que je n'ai pas trop souvent l'occasion de te voir. Viens, on laisse papa regarder la télévision.

Il lui lance un regard d'excuse et elle ne peut s'empêcher d'aller l'embrasser avant de suivre sa mère dans la chambre à coucher.

Elle essaye de se raisonner.

Elle est grande maintenant. Elle ne peut plus être punie. Mais aujourd'hui, elle a toutes les raisons de se sentir coupable. Plus aucune circonstance atténuante.

— Alors, qu'est-ce que tu fais en ce moment ?
— Toujours pareil, des enquêtes.
— Mais qu'est-ce que tu fais toute la sainte journée ?
— Ça prend du temps, tu sais, frapper aux portes, monter les escaliers...

Elle touche déjà aux bornes de son imagination.

— Tu devrais chercher autre chose. A quoi te servent tous tes diplômes ?
— A rien, maman. Est-ce qu'on doit toujours revenir là-dessus ?

Oui, c'était le parcours obligé. Venaient ensuite les justifications maternelles. Si Anne avait bonne mine, si elle avait l'air heureuse, sa mère ne lui demanderait rien.

Ce qui est un mensonge puisque Anne n'a jamais eu l'air heureuse.

Si, peut-être ces quelques mois à Porto Allegre la bien nommée, avec Ricardo. Mais elle était tellement tendue vers lui qu'elle ne se voyait même plus dans les miroirs et les deux pellicules photos rapportées en France n'avaient rien enregistré, comme pour nier la réalité de leur rencontre.

La vérité, la seule vérité, un peu de courage, c'est qu'elle n'avait été heureuse que lorsqu'il allait mal et dépendait d'elle entièrement. Le reste du temps, elle n'avait fait que pleurer.

Comment pourrait-elle jamais trouver un sens à rien ?

— Tu t'es vue ? Tu as des cernes qui te mangent le visage. Tu es maigre. Pas d'appétit. C'était pas bon, mon dîner ?

— Mais si. C'est juste que j'ai mangé un sandwich à six heures, parce que j'avais un creux.

Et parce que j'ai l'estomac contracté dès que je mets les pieds dans cette maison où je suis née pour rien.

— Alors, tu continues de te nourrir de sandwichs...

— Maman, j'ai trente-deux ans...

— Tu as besoin d'argent ?

— Non, merci beaucoup. Je vais rentrer.

— Oh, Anne, je n'y comprends rien.

Maladroitement, la mère essaye d'embrasser sa fille ; mais elle n'a pas une grande pratique. Puis elle va jusqu'à l'armoire à glace dont elle sort, cachés sous des mouchoirs parfumés, trois billets de cent francs.

Anne les prend parce que ça rassure tout le monde. Elle entend son père soupirer devant la télévision.

Par habitude, sa mère s'essuie les yeux et Anne lui prend le bras pour revenir dans la salle à manger. Elle recommence à entendre le bruit des trains. A quoi ça sert tout ça ?

Elle va décrocher son manteau, embrasse tendrement son père, puis sa mère, promet de donner des nouvelles et supplie que non, ils ne se dérangent pas, elle tirera la porte derrière elle.

Il est probable que Martin n'avait jamais connu ça. Il manquait à son palmarès d'avoir fréquenté des professionnelles. Ses conquêtes habituelles, issues de son milieu, c'est-à-dire des bourgeoises, quoi qu'elles s'imaginent, estiment à très haut prix leur corps à peine entamé. Elles attendent donc de l'heureux élu qu'il s'évertue à les satisfaire. Elles veulent bien faire quelques efforts, efficacité moderne oblige, mais sans commune mesure avec l'honnête gagneuse, il y en a plus qu'on ne croit, qui en donne au client pour son argent.

Suzanne, étant en mission commandée, mégota d'autant moins qu'elle travaillait pour Claude et leur avenir commun.

Quand donc le réveil sonna et qu'il sentit contre sa hanche une masse enveloppante et chaude, Martin s'étira dans un gémissement vaniteux.

Elle chuchota :

— Quelle heure est-il ?

— Chut...Très tôt. Dors.

— Tu vas revenir ?

En même temps elle roula sur lui, glissant ses deux mains le long de son torse. Il voulut résister, en vain, et la sentit s'arc-bouter, sa voix rauque lui soufflant dans l'oreille tous les détails de la commotion qu'il provoquait en elle.

Soi-disant.

Au point même qu'il envisagea un moment d'appeler le journal, de se prétendre malade, de passer la journée entière au pieu, jusqu'à ce que son désir, immanquablement, s'émousse.

Elle lui proposa de l'attendre, s'il voulait, et arrêta son geste d'allumer la lumière.

Quand sa bouche parlait au lieu de son corps, elle avait cette même distance indifférente qu'elle avait rompue d'elle-même la veille, une fois arrivée chez lui, en venant très près lui chuchoter : « J'ai envie de vous. » Elle avait ôté son chemisier, serré son visage contre ses seins, comme si elle avait su qu'il ne pensait qu'à cela depuis leur arrivée, s'abandonner à cette poitrine molle, s'y perdre.

Il se leva, un peu sonné quand même, trouva la porte de la salle de bains où il resta longuement sous la douche tièdc, puis glacée.

Elle s'était apparemment endormie et il s'efforça de ne faire aucun bruit en cherchant à tâtons ses vêtements disséminés.

Pour la première fois, le pauvre, la question le traversa de qui pouvait bien être cette femme, qui lui restait inconnue malgré ses explosions de plaisir, qui n'avait pas posé de questions, pas exprimé de demandes, qui n'avait même pas bavardé avec lui, qui ne serait peut-être pas là quand il reviendrait.

Il était presque amoureux quand il descendit au rez-de-chaussée.

Suzanne se renversa sur le lit, les yeux grands ouverts. Client ou pas, elle n'avait pas voulu qu'il voie son visage du matin, nu, gonflé, vieilli.

Elle avait bien travaillé. Claude serait content d'elle. Elle avait bien appliqué ses leçons.

Elle pensa qu'un petit somme d'une demi-heure en attendant que l'autre parte ne lui ferait pas de mal. Ensuite, elle appellerait Claude.

Elle se pelotonna contre l'oreiller, le sourire aux lèvres.

A cinq cents mètres à vol d'oiseau, levé depuis cinq heures et demie, Claude s'impatientait devant le téléphone.

C'était un mauvais arrangement. Il aurait dû s'installer à proximité, être sur place pour guetter ce qui se passait ou ne se passait pas, au lieu de rester bloqué, impuissant dans cette chambre d'hôtel.

Tant pis. A dix heures, il interviendrait.

Mais qu'une planification aussi minutieuse dût faire place à l'improvisation le rendait excessivement nerveux et la nervosité ne lui avait jamais réussi, qu'il avait dû apprendre à dompter à force de volonté.

Ce qu'il voulait, il l'obtenait. Il avait banni de sa vie les accidents, les coups du sort. C'est pourquoi ce compte-là devait être réglé. Abolir le passé pour être enfin un homme libre. Briser la chaîne que les morts imposaient aux vivants.

Tous les plans envisagés puis écartés défilaient dans sa tête. Il avait réellement eu besoin d'un auxiliaire, le seul rouage incertain.

Martin aurait-il su toucher en Suzanne un petit nerf sensible que Claude n'aurait pas détecté ? Il se rappelait Suzanne à leur première rencontre, son sourire aguicheur, son œil de poisson mort.

Existait-il pour une femme comme elle un appât plus fort que l'avenir ?

Si Martin n'avait pas entendu le réveil, l'action serait retardée et non annulée. S'il tentait de virer Suzanne, contre toute logique psychologique, Claude, ayant un double des clés, n'aurait qu'à la réintroduire. Ce serait l'affaire de quelques précautions supplémentaires.

Il appela le journal et demanda Martin.

Dès qu'il eut entendu sa voix, il raccrocha.

Il se persuada que c'était signe que tout allait bien et fila à Montmartre.

Contrairement à ce qu'il avait espéré, Martin n'était pas dans son assiette. Le téléphone n'arrêtait pas de sonner, mais une part de lui restait obsédée par sa frénésie nocturne tandis que l'autre, plus directement active, décrochait, bouclait un article, rédigeait deux trois mémos et expédiait les affaires courantes en un temps record, pour rejoindre au plus vite la femme qu'il craignait déjà de ne plus trouver au logis.

Il fit livrer des fleurs à son hôtesse déçue de la veille, confirmant son mensonge de soucis familiaux urgents, enquiquinants et annula tous ses rendez-vous de l'après-midi, restant vague dans ses excuses, mais adoptant la voix consternée et mystérieuse de l'homme dans le pétrin.

Il se préparait à partir, quand la secrétaire qui devait transcrire la cassette de l'interview l'appela, sa voix haut perchée le confirmant dans son préjugé que les secrétaires ont toutes un fond commun d'hystérie lié à la frustration sexuelle inhérente à leur activité :

— Martin, j'ai un problème avec la cassette.

— Elle n'est pas audible ?

— Oh ! si, mais il y a autre chose dessus, une voix...

— Un vieux texte qui n'a pas été effacé, n'en tenez pas compte. Faites pour le mieux. Je suis pressé. On en reparle demain.

Il arrêta un taxi. Sa voiture avait curieusement refusé de démarrer ce matin-là.

— On dirait la maison de la Belle au bois dormant, lui dit le chauffeur en voyant les volets clos.

— Vous ne croyez pas si bien dire.

Et d'après le chauffeur, il ricana, ce qui fut interprété de bien des façons. Je sais, moi, que c'était une réaction incontrôlée de collégien attardé.

Il fit un signe à la voisine qui rentrait de l'école avec ses enfants et engagea silencieusement la clé dans la serrure.

Le silence était tel qu'il crut un moment qu'elle était repartie. Puis il aperçut son manteau par terre dans le séjour.

Il se déshabilla tout en gravissant le petit escalier. Il aperçut la forme immobile sous les draps, alla se laver les mains, ces choses-là ne s'inventent pas, rabattit le drap du lit et se glissa tout contre le corps épanoui et tiède.

Il s'immobilisa soudain, transi de peur. Une odeur fétide lui écœurait les narines. Il enjamba le corps de la femme, se pencha sur son visage... Elle tirait la langue dans une grimace obscène, qui complétait l'horreur de son visage gonflé, aux yeux exorbités.

Il lui fallut quand même quelques secondes pour réaliser qu'elle était morte.

Il se retrouva hoquetant au-dessus du lavabo de la salle de bains.

Un gros effort de volonté lui donna le courage de retourner dans la chambre et, évitant de regarder le lit, il saisit le téléphone, avec lequel il s'éloigna, qui vibra soudain dans sa main tandis que la sonnerie retentissait comme un hurlement. Il décrocha pour que ça cesse et entendit une voix inconnue :

— Bonjour, Martin. Elle n'est pas belle à voir, hein ? Mais on s'habitue à tout, même aux cadavres, non ? La police ne va pas tarder. Je ne crois pas que vous arriviez à vous en sortir. Les indices sont trop nombreux. Et puis, il y a la bande. Vous l'avez écoutée ? Non ? Dommage, c'était instructif. Vous ne vous conduisez pas bien avec les dames, Martin. Allez, bonne chance. La peine de mort a été supprimée, vous savez.

La voix fut remplacée par les petites sonneries monotones et indifférentes d'un numéro occupé.

Martin n'eut pas à réfléchir.

Les vieux réflexes acquis pendant une guerre où une minute volée à l'action peut signifier la mort, prirent la situation en charge.

Il saisit un sac, quelques vêtements, de l'argent liquide dont il avait toujours une réserve, ramassa le courrier dans la boîte, ferma la porte d'entrée à clé et monta dans sa voiture qui démarra sans qu'il songeât même à s'en étonner.

CHAPITRE DEUX

Anne a mal dormi. Forcément, forcément se répète-t-elle. Si contente hier soir de s'endormir seule dans un grand lit aux draps frais. Bien calée sur ses deux oreillers, une petite bouteille de vodka à portée de la main, elle s'est inventé un village brésilien avec de la caïpirinha, des couleurs vives, des bals, des marchés et des étrangers, plein d'étrangers comme elle.

Elle habite chez une famille et devient l'amie des enfants avec lesquels elle se cache dans l'ombre pour observer, par les fenêtres, comment vivent les gens.

Les enfants lui racontent les histoires secrètes du village, Antonio le jaloux qui enferme sa femme parce qu'elle est trop belle, mais le fils bâtard du curé, tout le monde le sait, va lui glisser des poèmes d'amour sous la porte qu'elle apprend par cœur avant de les avaler, petite boule de papier dure et le maire attire les petits garçons chez lui avec des promesses de cadeaux jamais réalisées parce qu'il est avare, mais les petits garçons préfèrent y croire. Quant au facteur solitaire, il se fait payer le courrier d'autant plus cher qu'on ne l'attend plus.

Elle s'est endormie au matin et a rêvé que sa mère venait l'arrêter parce qu'elle vivait mal.

C'est justice. Elle vit mal.

Elle se réveille tard. Elle a la gueule de bois, ce qui ne lui arrive jamais, pas à cause de la vodka, à cause du rêve et de tous ceux dont elle ne se souvient pas.

Elle est trop lasse pour se chercher un café qu'elle puisse aimer, alors elle échoue dans un troquet chichiteux, son paquet d'enquêtes devant elle, qu'elle a intérêt à soigner, parce que c'est une nouvelle boîte qu'elle essaie et elle se demande combien de temps ils la toléreront.

Elle a recopié une liste de noms dans l'annuaire, mais aujourd'hui les idées ne viennent pas concernant madame Piéplat, le nombre de ses enfants, la profession de son mari.

Elle commence sans conviction, sûre de n'avoir pas de surprise agréable avec ces yaourts veloutés dont aucune vieille dame ne mange quinze pots par jour pour s'assurer une joyeuse longévité pleine d'antibiotiques, dont aucun érotomane ne s'enduit le corps après le bain pour des activités que la loi réprouve.

Elle commande un café et ferme les yeux pour un petit repos de cinq minutes. Elle est stricte. Elle n'aura droit à aucun alcool avant d'avoir épuisé la pile d'imprimés.

Quand elle ouvre les yeux, un grand type boutonneux se tient à côté de sa table et redit ce qu'elle croit avoir mal compris :

— On vous demande au téléphone, mademoiselle.

— C'est impossible.

— Je vous assure. C'est en bas de l'escalier à gauche. J'étais descendu téléphoner et j'ai décroché. Allez voir vous-même.

Elle ne savait pas, cinq minutes avant, qu'elle entrerait dans ce café.

Le type l'accompagne et elle se demande tout à coup comment il a su qui elle était. Cette question l'a toujours laissée perplexe, alors elle ne dit rien.

Elle va vers le téléphone décroché et le type la presse contre le mur en chuchotant :

— C'est moi qui t'appelle.

Elle hésite entre plusieurs solutions sanglantes et finit par le mordre à la joue dans un endroit épargné par l'acné.

Il hurle tandis qu'elle se précipite dans les toilettes pour se rincer les lèvres à grande eau. Elle prie qu'il ne fasse pas de scandale parce qu'elle n'est pas en forme pour ça.

Elle a soudain envie de pleurer pour la première fois depuis longtemps et sort aussitôt du mascara et un crayon, car, les yeux faits, elle ne se permet jamais de larmes.

Ensuite, elle monte remplir les blancs et cocher des petits carrés pour ces personnages inexistants qu'elle appelle ses âmes mortes.

A l'heure du déjeuner, elle décide de faire des emplettes.

Dans le premier magasin, elle décroche une série de vêtements et va se déshabiller dans la cabine d'essayage. Elle enfile d'abord une robe de jersey moulante qui lui va parfaitement, puis, par-dessus, une robe de lainage jaune qui affadit encore plus son teint blafard.

Encouragée par la vendeuse enthousiaste, elle sort vérifier la teinte à la lumière du jour. Ni sonnerie ni bip.

Elle fait plusieurs allers et retours devant la glace avant de décider qu'elle va réfléchir.

Dans la cabine, elle roule la robe de jersey en cylindre à peine plus grand que la main et l'enferme dans un étui à parapluie.

Dans un magasin de chaussures libre-service, elle troque ses mocassins fatigués contre une paire d'escarpins rouges et sort sans être inquiétée.

A Monoprix, elle échange ses anneaux contre deux petites perles fausses à peine visibles sur le lobe de l'oreille.

Elle fait quelques vitrines du boulevard Saint-Germain, mais ne trouve pas le manteau chaud dont elle commence à avoir sérieusement besoin pour remplacer son duffel-coat en lainage bon marché.

C'est en contournant une grande vitrine d'angle qu'elle repère un bar obscur dont la façade imite en vain un chalet suisse.

Intriguée, elle pousse la porte et se retrouve dans une salle sombre au mauvais goût séduisant.

Elle commande un gin et va se changer avant que sa nouvelle robe ne se froisse trop.

Elle se plaît comme chaque fois qu'elle change d'apparence et se dit qu'il suffirait à son corps fatigué d'un peu d'affection, du moins d'attention, pour rester vivant.

Elle n'est pas pressée.

Son gin l'attend sur la table avec une coupelle d'olives vertes. La salle est vide.

Seul un vieil homme dépenaillé est en conversation avec le barman.

Sur les murs de l'arrière-salle sont punaisées des affiches d'exposition périmées.

Son fauteuil est confortable, ni doux ni dur.

Au bar, ils parlent d'un match de boxe et de ses erreurs d'arbitrage. L'attitude de l'homme, une jambe rejetée à quarante-cinq degrés de l'autre, son manteau vaguement retenu par les épaules sur lesquelles il glisse lentement, les coudes sur le bar, la tête entre ses paumes ouvertes, et le barman en face, gras et droit qui parvient à ne rien faire sans avoir l'air oisif, finissent par l'absorber entièrement.

N'y résistant plus, elle sort un petit calepin, un crayon et commence à les croquer assez distraitement pour qu'ils ne remarquent rien.

Elle se sent légère et pressent l'aventure. Il n'y a qu'à attendre.

Evidemment, dès que Martin se retrouva à la sortie de Paris, il se repentit de sa décision. Pourquoi était-il parti ?

Son instinct avait été de prévenir la police, comme l'aurait fait tout homme sain. La surprise d'être appelé au même moment avait annulé ce premier mouvement.

Il avait choisi l'irrémédiable en filant ainsi sans même prendre le temps de fouiller la maison, les affaires de la femme, ne serait-ce que pour chercher les indices dont avait parlé la voix.

Elle était encore tiède quand il s'était couché contre elle. Son assassin n'était peut-être pas loin.

Il se retrouva à l'entrée du parc de Saint-Germain-en-Laye, gara sa voiture et avança dans l'allée déserte qui menait au rond-point.

Il était sous le choc et la voix au téléphone était terrifiante parce que sans menace, normale.

Pourquoi le prévenir ? Pourquoi ne pas laisser la police le cueillir ?

Parce que la voix voulait qu'il fuie et il s'était empressé d'obéir.

Deux jeunes gens en survêtement faisaient le tour du rond-point. Ils couraient mécaniquement, le corps guindé.

Martin regarda sa ville dans le lointain, comme un endroit abandonné que rien ne le forçait à rejoindre, un pays perdu, déjà indistinct, une cité irréelle, dont les événements appartenaient à une autre réalité. Puis son corps se souvint, et, se détournant de l'horizon, il se mit à courir.

Son manteau l'engonçait, mais il allongea une foulée énergique et ajusta bientôt son rythme intérieur à celui de sa course. La fatigue combinée à l'effort lui engourdirent la tête.

Il pensa :

« Je cours vers la mère morte. »

Et l'image de la sienne remplit un écran intérieur : la mâchoire retenue par un pansement qui lui entoure la tête, ses traits enfin apaisés, ressemblant à un portrait de vierge du Moyen Age. Il l'appelle « salope » dans sa tête et craint, souhaite, qu'elle l'entende. Son père est absent, comme toujours, il doit se terrer derrière quelque rempart de livres, éructant de drôles d'onomatopées quand Martin en culotte courte se présente devant lui, muet de tous les mots préparés qui lui restent comme un gros emplâtre dans la gorge.

Par un détour mental, Martin choisit de retourner à l'hôpital, les murs verdâtres, le lino blanc cassé, la feuille de soins et puis cet homme qui est là, un homme qui n'est pas son père et qui regarde sa mère morte.

Au blanc de l'hôpital succède l'or vibrant des dunes à perte de vue et cette odeur d'éther dans les narines et la voix du jeune appelé :

— … Tous morts, mon capitaine...

Et toujours cette incapacité à ressentir. Seules comptent les gouttes ruisselant dans son dos, dans son cou, la fatigue abjecte de son cœur distendu par le ciel blanc comme un immense soleil à l'incandescence meurtrière.

La mort a toujours voulu l'encercler. Il y a toujours résisté et il ne l'a jamais regardée en face car c'est ce qu'elle attend, cette sale Gorgone qui ne touche que qui le veut bien. La mort des autres ne doit pas compter.

La mort de la femme n'est qu'un signe lancé par un ennemi.

Il avait atteint le cœur de la forêt quand il s'arrêta de courir pour regarder un écureuil attentif hésiter à l'écoute d'un message silencieux avant de disparaître en trois bonds au faîte de l'arbre le plus proche.

Aucune personne responsable ne pourrait gober un seul instant qu'un homme dans sa position s'amuse à étrangler, chez lui, une femme rencontrée la veille... La voix avait parlé d'indices, de la cassette, mais tout cela pouvait être du bluff. C'est ce qu'il fallait vérifier. Ensuite, il n'aurait plus qu'à rentrer, dire la vérité et expliquer que la panique de l'innocent l'avait poussé à fuir.

Il rejoignit rapidement la sortie du parc et entra dans une cabine.

Il composa son propre numéro, laissa sonner longtemps. La police, en tout cas, n'y était pas.

Premier mensonge de la voix.

Il appela le journal, demanda Michel Renant et, par précaution, commença par dire :

— C'est Martin, mais ne prononce pas mon nom. Tu es seul ?

Michel prit une voix d'acteur :

— Oui, je le suis. Mais pour combien de temps ?

— Michel, je suis dans une merde noire et j'ai besoin de toi.

— Tu es sérieux ?

Donc, pour l'instant, personne n'était au courant, car le journal serait le premier prévenu.

Croyant n'avoir plus le choix, commettant deux fois de suite la même erreur d'analyse, il demanda à Michel de récupérer la cassette de l'interview, et de l'écouter chez lui où Martin le rappellerait vers cinq heures. Il coupa court à toute explication et raccrocha brutalement, parce qu'il éprouvait un désir fou de se confier alors que ce n'était pas le moment.

Que pouvait-il faire d'autre qu'attendre ? Il n'osait pas se montrer. Il ne pouvait pas agir, pas encore. Il était innocent, cela seul comptait car le mensonge ne pouvait pas l'emporter définitivement sur la vérité.

Etait-il vraiment innocent ?

Pour prouver le contraire, Claude avait pris de drôles de risques ces derniers temps.

Martin Gordes avait employé une femme de ménage qui vivait seule et n'arrivait à se consoler de l'existence en général qu'à coup de Pernod prestement avalés dans un troquet de la place des Abbesses.

Claude était devenu à son tour un habitué du café et, par la même occasion, un compagnon de bar de madame Biette. Il plaisait aux femmes vieillissantes. De ce talent qui lui répugnait, il avait choisi de se servir comme d'un cadeau du ciel. Il attendait son heure.

Elle était venue au mois d'août de l'année précédente, quand madame Biette avait dû partir chez sa sœur à Limoges, alors que sa concierge était elle-même en congé.

Qui pourrait fournir à son chat caresses et mets choisis ?

Claude s'était spontanément proposé en amoureux des bêtes et elle lui avait confié le réduit qui lui tenait lieu d'appartement.

Il avait trouvé, pendues à un crochet du placard de l'entrée, les clés répertoriées de tous les appartements dont elle avait la charge.

Puis Martin avait dû changer de femme de ménage, car la pauvre madame Biette était passée sous un autobus, son état d'ébriété justifiant seul un accident fort improbable. Le conducteur du bus s'en était tiré avec une nuit d'insomnie et le souvenir plus persistant des cris hystériques d'une passagère que son âge, sa corpulence et sa solitude avaient poussée à une identification spontanée avec la victime.

Claude, passant par là, avait constaté que son premier témoin à charge ne serait plus jamais en état de témoigner contre lui. Il avait alors pu, pendant de longs mois, fouiner dans la maison de Martin, s'imprégner de ce qui faisait la personnalité de cet homme sympathique, intelligent, séduisant, comblé par la réussite, insupportable.

Après son coup de fil au journal, tout s'était passé très simplement.

Il avait vérifié que la voiture de Martin se trouvait bien devant la maison, il avait rebranché un petit fil du moteur, puis était entré. Suzanne dormait. Il s'y était attendu comme à la plus probable des hypothèses.

Il ne l'avait réveillée qu'au dernier moment, bien placé exactement au-dessus d'elle, parce qu'il voulait voir son regard et peut-être pénétrer un peu ce mystère-là.

Elle s'était redressée encore brumeuse. Il lui avait tendrement saisi le cou et, du geste précis si souvent répété, il avait pressé les deux pouces de part et d'autre de la pomme d'Adam.

Il avait concentré toute son énergie sur la pression des doigts. Les yeux de Suzanne ne lui avaient retourné que cette fixité énergique qu'il avait déjà vue dans les yeux d'animaux pris au piège, refusant l'inéluctable.

Il en avait conclu que l'optimisme humain est une chose merveilleuse.

Elle s'était donc bien débattue et avait continué de tressauter plus longtemps que prévu, certainement bien après que la vie l'eut quittée.

Il l'avait rallongée sur le côté, avait glissé une photo dans la poche intérieure d'un veston de Martin, quelques messages dans un tiroir, une bonne imitation de l'écriture du même Martin composant un début de lettre froissée avait terminé dans la corbeille à papiers.

Il avait soigneusement fermé la porte derrière lui.

Puis il s'était rendu dans un café de l'avenue de Clichy où il était certain de rencontrer un copain déjà plongé dans sa partie de belote quotidienne.

Il était allé lui frapper l'épaule en ricanant qu'il le regardait perdre depuis une demi-heure, le même temps qu'il avait fallu au patron pour sortir de son coma éthylique et remarquer qu'il avait un client :

— Un bourbon, José, si tu as encore la force de bouger ton cul pour un habitué.

— Je le bouge plus souvent que toi, mon cul.

— Mais pas pour le même usage.

— Si l'expérience te tente, tu sais que je suis à ta disposition.

— T'es trop maigre.

— Je suis un faux maigre.

— Allez, grouille.

Claude aimait bien les pédés, comme il n'hésitait pas à le dire.

Titiller José était une de ses distractions favorites. Que José ait un vrai faible pour lui, c'était une certitude. Qu'il soit conscient qu'il n'avait pas intérêt à passer à l'action n'était pas moins certain et les deux hommes pouvaient blaguer à loisir.

Claude avait appelé Martin à 12 h 18 et ce dernier avait répondu, moment de jubilation intense pour Claude.

Puis il était resté encore une petite demi-heure à déconner, sans se forcer. Il se sentait bien chez ces gens-là, des sans-histoire, qui le reposaient de la sienne.

Il retourna à l'hôtel clamer dans les pages vibrantes de son journal la première étape réussie de son avancée vers l'oubli.

A quatre heures, il appela les flics.

A cinq heures Martin fut réveillé par un bruit de tronçonneuse.

Il avait le dos endolori et un goût de bile dans la gorge.

L'humidité du tapis de feuilles sur lequel il s'était assoupi avait imbibé ses vêtements. Au-dessus de lui, un enchevêtrement de branches dénudées découpaient sur le ciel gris des silhouettes de bras émaciés évocateurs de décrépitude.

Il se recroquevilla, la tête entre les bras, dans une vaine tentative d'évasion. Comme un grimpeur tâtonne à la recherche d'une prise, il réussit à émerger en se rappelant qu'il devait téléphoner à Michel.

Il se débarrassa des traces de terre et de feuilles pourrissantes et ressortit de la forêt pour appeler son ami.

Michel était à peine audible :

— Martin, où es-tu ? C'est une pagaille monstre ici.

— Ils l'ont trouvée.

— C'est qui, cette femme ?

— Tu ne me croiras pas, mais je ne sais pas. Tu as la cassette ?

— C'est les flics qui l'ont. Monique l'avait fait écouter à sa copine, tu sais, la secrétaire du deuxième. Personne d'autre ne l'a entendue. Il paraît qu'elle te faisait chanter... Mais il fallait en parler au lieu de...

— Je ne l'ai pas tuée, si c'est ça qui te tracasse. Comment les flics ont-ils si vite récupéré la cassette ?

— Tout ce que je sais, c'est que la secrétaire du deuxième — comment elle s'appelle ? Guigand, je crois — s'est empressée d'aller raconter à Berthier que le don juan du service étranger s'était fait piéger comme un bleu et allait devoir se ranger des voitures. Franchement, Martin, tu ferais mieux de rentrer.

La panique de Michel, par contraste, détendit Martin. Il s'apprêta à rassurer son ami, à s'expliquer, puis l'idée lui vint qu'on essayait peut-être de tracer l'appel. La voix de Michel lui sembla soudain hostile. Il mesura les conséquences possibles du petit risque qu'il allait prendre, puis se décida :

— Je ne peux pas rester au téléphone. Juste un service, s'il te plaît, le dernier. Bertrand, le nouveau à la justice, il est très bon pour dénicher des informations. Il faut que je puisse lui parler. Je te rappellerai. Et, Michel, mets-toi à ma place cinq minutes et tu en tireras toi-même les conclusions.

Cette dernière demande était d'autant plus bizarre que lui-même aurait souhaité ne pas y être.

Ce n'était pas de chance qu'Odile Guigand ait été la première informée de ce que Martin ignorait encore. Berthier, sous prétexte de pauses café, traînait souvent dans le bureau des secrétaires et avait toujours jalousé Martin. Il ne serait sans doute pas le seul à semer des peaux de banane bien glissantes dans une situation déjà hasardeuse.

Faisant le tour rapide de ses collègues, il se dit qu'il avait aussi des amis, une pensée plus interrogative qu'affirmative. La réalité est qu'il était, pour l'instant, seul, et n'avait pas de temps à perdre.

Il devait retourner là où tout avait commencé.

Anne se sent chez elle au « Village », d'où elle n'a pas bougé de l'après-midi... Personne d'ailleurs ne s'étonne de sa longue halte.

D'autres clients sont venus et repartis.

Elle observe en ce moment un monsieur chauve accompagné d'une jeune femme blonde en manteau de fourrure. Elle s'est souvent imaginée dans ce genre de situation parce qu'elle essaie de se persuader qu'elle est apte à s'en sortir et à rentrer dans le rang si elle veut.

La jeune femme est un peu vulgaire par excès de bon goût et elle fait une scène au monsieur chauve qui n'arrête pas de se passer la main sur le front dans un geste comique. Elle a quelque chose à se faire pardonner, ou bien elle veut obtenir quelque chose, un cadeau, et elle invente une querelle pour le mettre dans son tort et le contraindre à se faire pardonner, ou bien elle cherche une excuse pour ne pas faire l'amour ce soir, mais ça ne serait pas honnête, s'insurge Anne. Enfant, elle n'en revenait pas de cette capacité des adultes à gaspiller leur bien-être pour des motifs utilitaires.

Elle se rappelle son père, le visage émacié par la migraine, enfilant silencieusement son bon costume fraîchement brossé par sa mère qui monologuait devant la glace en ajustant ses perles, qu'elle faisait ça pour lui, s'il croyait que cela l'amusait, mais que le gendre était attaché au cabinet du ministre et qu'il pourrait glisser un mot en sa faveur...

Assise par terre, Anne jouait à la chenille avec un lourd bracelet à plaques articulées, silencieuse et pensive, se jurant qu'elle serait autrement.

Un petit trou se creuse dans sa poitrine et elle lève la tête vers un homme jeune qui vient d'entrer.

Il est au bord d'être beau, mais le flou de l'incertitude a un peu effacé ses traits. Sa mâchoire est très serrée, son regard se veut désinvolte. Beaucoup de femmes s'en contenteraient, bien que le nez soit un peu court. La bouche est fine mais dessinée, les yeux sombres un peu en amande. Un jeune hidalgo. Il apostrophe le barman avec une nonchalance étudiée et commande un bourbon.

Anne ferme les yeux car sa voix vrille d'ondes courtes et il n'a pas la tête à boire du bourbon ni à fumer le cigare qu'il vient de sortir de sa poche.

Il allonge les jambes, se laisse aller contre le dossier et Anne fronce le nez, certaine de percevoir l'odeur aigre de la peur.

Elle se redresse pour résister à ces sensations hallucinatoires dont elle se méfie comme les signes avant-coureurs de cette chose qui la prend parfois et qu'elle ne veut pas nommer.

Elle s'anesthésie à coup de petites observations anodines : les poignets élimés et sombres sous la veste du barman, la nuque plissée rougissante du chauve humilié, l'ampoule sous son abat-jour rouge, couverte d'une pellicule de poussière où une mouche posée immobile a cramé instantanément, minuscule fossile noir.

Mon cœur est un fossile où se sont accumulées en vain douleurs et sensations.

Mais pour qui se prend-elle ? A nouveau vieille et indifférente, elle se retourne vers le jeune homme trouble dont les épaules se tendent à chaque ouverture de porte. Elle regrette qu'il ait rendez-vous. Il aurait fait une bonne proie. Un nouvel arrivant passe sans s'arrêter et disparaît dans l'ombre de la deuxième salle. Une seconde Anne a cru que c'était lui qu'attendait le jeune homme. Elle s'est donc trompée. Elle sourit.

La soirée est pleine de promesses.

CHAPITRE TROIS

Martin fixa la salle d'un œil absent. Il ne pensait rien risquer encore. On garderait logiquement le couvercle sur son affaire un jour ou deux. Peut-être même n'était-il pas encore recherché. Malgré tout, l'instinct l'avait conduit vers la pénombre de l'arrière-salle.

Il n'était pas reposé. Son sommeil l'avait abruti comme une veille forcée mais il savait que le temps allait lui faire rapidement défaut.

André s'approcha de la table, regarda Martin d'un air entendu, leva aussitôt le sourcil autocritique du professionnel consommé, retrouvant instantanément une physionomie dénuée de toute manifestation incorrecte d'intelligence.

— Bonsoir monsieur.

— Bonsoir André. Une bière, s'il vous plaît. Et... dites-moi... Vous vous souvenez que je suis venu hier soir ?

— Oui monsieur.

— La femme avec laquelle je suis parti... Vous la connaissez ?

Une ombre de désapprobation obscurcit le regard du barman.

— Je la voyais pour la première fois, monsieur.

Cette fois, c'était net. André n'approuvait pas ce genre de clientèle.

Martin ne s'en était jamais fait la réflexion, mais il lui apparut qu'au « Village » la clientèle était clairsemée par décision et le barman, gardien de la morale, chargé du tri.

Il s'agissait probablement moins de morale que d'organisation.

— Elle n'a parlé à personne ? Elle n'a pas téléphoné ?

— Elle a demandé un téléphone mais il n'y a pas eu de communication.

— Excusez-moi, mais quel effet vous a-t-elle produit ?

— Mauvais, monsieur, mais cela ne me regarde pas.... Elle vous a monté un bateau ?

Une petite lueur de satisfaction aussitôt éteinte. Il aurait aimé en savoir plus mais se contint.

— André, je crains d'avoir de gros ennuis. Est-ce que je peux vous demander...?

— Ne vous en faites pas, je n'ai aucune mémoire. Je vous apporte votre bière.

Il était déjà reparti dans son royaume, de l'autre côté de la glace sans tain qui le coupait du monde.

Martin eut l'impression d'être le comparse d'un numéro où le clown blanc lui assenait un coup de marteau en caoutchouc qui le laissait groggy pour de vrai.

Il s'était persuadé que l'identité de la femme pourrait lui fournir un mobile de meurtre, mais André, qu'il saisissait à mi-mot, venait de lui annoncer que c'était une prostituée. André était un professionnel. Martin était enclin à le croire sur parole.

Un sentiment d'humiliation lui chauffa les joues, qu'il reconnut d'il y a longtemps. Il avait honte, tellement honte. Quand était-ce ? Il avait à la main une petite attache métallique et il avait envie de pleurer.

« Je m'amollis comme un vieux chiffon et la fatigue ne doit pas améliorer les choses », songea-t-il.

Il récupéra en vitesse le fil de sa pensée. Une prostituée. Dès que sa photo serait publiée, il y aurait des témoins. Et il apparaîtrait clairement qu'elle n'avait aucun lien avec Martin.

Toutes choses pesées, c'était plutôt une bonne nouvelle.

Il demanda le téléphone.

Michel avait la voix plus assurée :

— Bon, j'ai réussi à joindre Bertrand. Tu peux l'appeler mais il n'est pas chaud. Enfin, il joue à ne pas l'être, mais professionnellement, la situation l'intéresse. A toi de le convaincre de jouer franc-jeu. Insiste sur la solidarité, le journal et peut-être un échange d'informations, donnant-donnant. Et tu devrais appeler le patron. Il est persuadé que tu n'es au courant de rien et que tu vas te manifester. Autant le conforter dans cette bonne impression qu'il est quasiment seul à partager. Entre nous, Martin, tu devrais contacter la police. Les erreurs judiciaires sont rares. Pense aussi au journal. Les scandales ne sont bons pour personne.

Martin s'abstint de tout commentaire et promit de garder le contact.

La question concernant l'avenir était : appeler ou ne pas appeler rapidement le directeur ? Martin n'avait jamais eu besoin de personne. Son entrée au journal avait été appuyée d'une recommandation, certes, mais il avait été un correspondant à l'étranger plus qu'honorable et, quand il s'était agi de monter en grade, s'il avait dû marcher sur quelques têtes, il avait surtout joué de sa connaissance des rapports occultes entre les gens. Il était très bon dans ce domaine. En Algérie, il avait monté en peu de temps un réseau d'informateurs très efficace.

Sa situation actuelle était moins grave et il était loin d'être désarmé.

En buvant sa bière, il eut une pensée nostalgique pour sa petite maison, une maison de verre désormais. Il avait envie de se sentir en sécurité pour un moment, face à un interlocuteur sûr... ou une interlocutrice.

Françoise : il crut avoir trouvé la bonne idée. Les femmes étaient toujours prêtes à se mouiller davantage que les hommes, Françoise raisonnait bien quand son insécurité ne prenait pas le dessus et, en plus, elle l'aimait.

Il pourrait appeler Bertrand de chez elle.

Il demanda une autre communication.

Anne ne se lasse pas du petit ballet qui se déroule sous ses yeux.

De quoi ont bien pu parler le monsieur harassé et le barman ?

Le client continuait d'écouter même en parlant, le visage levé, grave, immobile et à un moment, il a rougi, comme pris en faute. A son âge, c'est charmant.

Il a de la brioche et il n'est pas tout à fait net. Il a la lèvre gourmande et tant de fatigue a dû lui friper la peau aux bons endroits.

C'est toujours un délice de voir ces vieux s'évertuer sur un corps de jeune femme. Ils sont pleins de savoir-faire et d'énergie inquiète. Il s'agit de faire jouir la jeunesse, comme une dernière garantie contre le déclin.

Anne en est émue par avance.

Elle le regarde téléphoner, voûté au-dessus de l'appareil, comme s'il voulait l'envelopper, appuyé contre le mur, un genou plié. Il se caresse la cuisse dans un geste troublant.

Puis l'homme s'assied, allume un cigare.

Elle laisse filer un petit regard en biais vers le jeune homme anxieux, qui, ma foi, se rengorge comme un dindon de basse-cour. Elle a dû louper un épisode.

Peut-être pas. Il vient de reprendre son air ténébreux qui le fait paraître si jeune.

Ils sont mal placés, ces deux-là. Elle n'arrive pas à les réunir d'un seul regard.

Le jeune lui envoie soudain un coup d'œil direct, précis, mais elle a mis au point depuis longtemps une série d'ouvertures selon la partie en jeu.

Elle ne change rien, ni sa position de tête ni sa direction oculaire. Son expression se fait vague, comme absorbée par une rêverie qui l'emmènerait ailleurs.

Le jeune homme reste dans son champ de vision, mais flou.

Il se lève, s'approche. Il va l'aborder. Non. Il passe devant elle sans s'arrêter et se dirige vers les toilettes, près du téléphone où se trouve à nouveau l'autre homme qui doit être en train d'organiser sa soirée.

Si seulement il se tournait vers la salle, elle pourrait tenter d'accrocher son regard. A moins qu'elle n'aille tranquillement l'attendre à sa place.

Car c'est lui qu'elle veut. C'est décidé.

Le jeune homme apparaît à la porte des toilettes. Il s'approche du vieux, lui adresse la parole et elle se sent blousée. Puis il lève les deux mains à plat, paumes vers l'homme comme pour s'excuser.

Des agents secrets échangeant des codes ?

Son intérêt tombe aussitôt.

Le jeune homme retourne à sa table, l'autre conclut rapidement sa communication et va régler sa consommation directement au bar.

Il sort après un dernier regard furtif au jeune homme qui se lève à son tour et repart vers le téléphone.

Anne a le tournis en même temps que le sentiment d'avoir raté sa soirée. Sa nuit s'annonce solitaire. Elle remarque que l'homme, en sortant, a oublié un objet sur sa table. Elle se force presque à prendre à son tour le chemin des toilettes pour ramasser ce qui se révèle être un étui à cigare.

Elle le met dans son sac sans même l'examiner, se remaquille en se demandant pourquoi et retourne dans la salle en proie à une inquiétude déroutante.

Le jeune homme la regarde et elle le fixe sans ciller. Il esquisse un geste et elle marche jusqu'à lui comme une somnambule. Elle le regarde sans émotion, sans attente et il bredouille :

— Je suis seul.

Dès qu'il eut prononcé ces mots, Claude eut envie de disparaître.

Où était-il aller chercher une pareille ânerie ?

Elle allait rire. Il imaginait les regards de la salle. Il la tuerait si elle se moquait de lui.

Quand il était arrivé, l'absence de Martin l'avait anéanti. Il connaissait par cœur ces crises d'abattement absolu qui lui tombaient dessus aux pires moments et semblaient tuer ses terminaisons nerveuses. Aucun influx ne passait plus. Une sorte de coma éveillé.

La première fois c'était à l'école, après la catastrophe. Sa mère lui avait cousu un grand brassard noir qui le rendait enfin intéressant à ses propres yeux...

Il s'était longtemps regardé dans la glace, y puisant pour la première fois un peu de réconfort. Sa vie allait changer. Il deviendrait copain avec le grand Julien et les autres n'en reviendraient pas.

Il voyait encore la cour de récréation et tous les gosses traînant leurs lourds cartables vers le préau. Il se rappelait le silence qui s'était fait tandis qu'il approchait du groupe chahuteur du grand Julien.

— Mon père est mort, avait-il dit, trop fort.

Et Julien avait répondu, comme une phrase sortie de *Prince Vaillant* :

— On ne parle pas au fils d'un traître.

Il n'avait eu envie ni de pleurer, ni de crier, ni de se battre. Il avait été pris d'un désir de sommeil irrésistible et s'était d'ailleurs endormi en plein cours, s'attirant le mépris à peine voilé de l'institutrice qui attendait un peu plus de pathos d'un orphelin.

Tout à l'heure aussi, il avait eu envie de tout plaquer, d'abandonner, et il l'avait vue avec ses cheveux courts bouclés en désordre, de grands yeux très sombres, une bouche d'enfant à la lèvre inférieure gonflée et quelque chose d'indéfinissable dans sa façon d'être assise dans ce bar, comme un îlot de pureté.

Il était resté à cause d'elle. C'est ce qu'il aurait voulu lui expliquer.

Quand Martin était entré, il avait failli faire un clin d'œil à la jeune fille et clamer :

— Vous avez vu cet homme ? J'ai tout programmé. Il est ici à cause de moi et il ne le sait pas. Son destin m'appartient et je pourrais le partager avec vous.

Tout s'était déroulé magnifiquement à partir de là, la conférence sans résultat entre André et Martin, le téléphone improductif à son pseudo ami, et l'essentiel, le « écoute Françoise » clairement entendu, enfin le plaisir irrésistible de faire sursauter Martin en l'abordant :

— Vous en avez pour longtemps ? Parce que je dois téléphoner...

Assorti d'une petite déception devant l'incontrôlable nervosité de Martin, qu'il aurait souhaité plus redoutable.

Elle avait ressenti tout cela ; il avait remarqué sa curiosité, son intérêt. Elle avait eu l'intuition qu'il se passait quelque chose de fort.

Etait-ce si insensé de croire qu'il existe une personne douée de parole et de sentiment à qui se confier plutôt qu'à son journal ?

Quand elle fut devant lui, cette chose sortit de lui, pathétique et grotesque.

Et la réponse vint, murmurée, neutre :

— Moi aussi.

Elle retourna à sa table, inaccessible.

Elle ne s'était pas moquée. Elle l'avait compris et avait su le lui dire.

Exalté, il partit donner son deuxième coup de fil à la police.

Quand il revint dans la salle, elle était partie.

Françoise avait dû entendre ses pas dans l'escalier : il n'eut pas besoin de sonner. Quelque chose dans son visage l'empêcha de la prendre dans ses bras. Il n'en avait d'ailleurs pas vraiment envie.

Elle le pressa d'entrer. Il remarqua qu'elle avait fermé les volets.

— Françoise, je n'ai pas tué cette femme. Je ne la connaissais même pas. Tu ne me crois pas?

Elle se contenta de hausser les épaules.

— Un dingue a monté toute cette machination contre moi.

— Qui ?

— Je ne sais pas.

— Tu passes la nuit avec une femme qu'on retrouve assassinée le lendemain. Tu ne la connais pas. C'est un type que tu ne connais pas non plus qui veut ta perte...Tu te rends compte ?

Il se rendait compte que chaque étage du visage de Françoise était pincé de jalousie. Il la trouvait sèche et racornie et, à l'étendue de sa déception, sentit combien il avait espéré en elle.

Il renonça aux explications et lui posa le problème immédiat et pratique de l'hébergement, concluant avec son arrogance instinctive :

— C'est tout de même vers toi que je suis venu d'abord.

Comme s'il lui faisait une fleur...

Elle lui représenta qu'il ne serait pas à l'abri chez elle et qu'elle ne voyait pas chez qui l'envoyer. De toute façon, ne serait-il pas plus malin, vu son innocence, de s'adresser directement à la police ?

Ils l'avaient contactée ?

— Evidemment. Comment crois-tu que je suis au courant ? Ils te cherchent, alors ils ont appelé ici. Puis Michel a téléphoné. Et le grand manitou en personne.

On aurait dit que j'étais ta veuve. Tapotements sur la main et encouragements chuchotés. Et toi qui débarques ici dans la foulée, comme une évidence. Qui je suis, moi ? Quel est mon statut dans ta vie ? Tu me vois quand ça t'arrange, tu m'oublies selon ton bon plaisir... Alors quoi ? Maîtresse officielle, concubine inavouée, bouche-trou ? Avoue que tu as de l'aplomb de venir me trouver, moi justement, après ce qui s'est passé. Cette bonne Françoise, tolérante, autonome, moderne, cette bonne poire de Françoise... L'autre nuit, j'ai pleuré jusqu'au matin, oui, pleuré, tu ne l'aurais pas cru, je parie...

Et la litanie continua comme si chaque mot du discours improvisé s'était empilé sur le précédent depuis des années jusqu'à ce que le ressort se détende qui libérerait ces phrases macérées dans le ressentiment.

Martin laissa faire.

Il ne lui dit pas qu'il était aux abois, dans une situation grave, qu'il y avait urgence et que ce n'était peut-être pas le moment de régler des comptes personnels.

Ces choses-là ne se disent pas. Elles devraient aller de soi.

Il pensa que dans les périodes tragiques, comme les guerres, les gens se suicident moins, deviennent moins facilement fous, mais que sans doute les femmes continuent de s'exaspérer sur leurs problèmes sentimentaux.

Sans même s'en rendre compte, il étouffa un bâillement, ce qui a toujours été sa réponse aux scènes. Cette fois, sa fatigue réelle redoublait devant une telle charge.

Peut-être avait-elle raison, peut-être était-ce bien le moment, s'interrogea-t-il. Ô éternel féminin imprévisible, prévisible et déroutant tout ensemble, continua-t-il, brièvement tenté par la méditation.

Puis il réfléchit qu'il ferait mieux de trouver quelque chose à dire avant d'aller chercher de l'aide ailleurs. Il gaspillait un temps précieux. Mais Françoise venait d'éclater en sanglots, suite au bâillement sans doute. Il balbutia des bribes de phrases... fatigue... depuis deux nuits... innocent... piège... tant pis... désolé... ne savais pas...

Quand Martin s'abandonne, de fatigue, de lassitude ou d'indifférence, il devient absolument irrésistible. Et il ne le sait pas.

Il fut donc extrêmement surpris que Françoise se jette dans ses bras, demandant pardon, proposant aide, amour et discrétion.

D'abord interloqué, il réfléchit que, le croyant enfin à sa merci, elle avait fondu sur sa proie.

C'est alors qu'il les entendit.

Ils n'avaient pas actionné les sirènes bien sûr, mais plusieurs voitures freinant en douceur, s'arrêtant dans un espace réduit en quelques minutes, évoquaient bien l'encerclement et la descente de police.

— Merci, Françoise, pour la scène, les conseils et le reste.

Pendant qu'elle balbutiait de vagues protestations, il était déjà sorti sur le palier, fermant la porte derrière lui, et entamait sa montée silencieuse vers les étages. En bas, ça travaillait sur la serrure d'entrée.

Au dernier, dans les cabinets, il découvrit un vasistas, mais il n'avait plus la taille assez fine pour s'y faufiler.

Il revit la meurtrière dans le mur blanc, entendit les très légers froissements des djellabas proches, ressentit la terreur de rester coincé, sa chute sur le toit en terrasse où il avait pensé se perdre dans une enfilade de draps, avant de pouvoir sauter dans une ruelle, puis s'égarer dans le dédale de la casbah qui n'avait plus rien de familier.

Il ressortit, passa devant les portes des chambres de bonnes, toutes fermées à clé. Au bout du couloir, la dernière s'ornait d'une ardoise couverte de messages et de dessins. Il frappa.

CHAPITRE QUATRE

Une femme à la voix jeune et ensommeillée interrogea :

— Qui est-ce ?

— Je suis poursuivi par la police. J'ai besoin d'aide.

C'est la seule réplique qui lui vint.

Une tête blonde ébouriffée, des yeux bleus agrandis par l'excitation le détaillèrent par l'entrebâillement de la porte qui s'ouvrit pour lui faire passage.

C'était le nid de Mimi Pinson, un studio minuscule, tendu d'un tissu fleuri, bourré de bibelots et de vases. Derrière un rideau, il aperçut un bout de réchaud et encore derrière, une douche. Le minuscule balcon ouvrait sur du vide et il n'y avait pas la moindre cachette.

Martin se retourna, désemparé. La jeune fille lui enjoignit alors de se déshabiller.

Elle-même retirait déjà le vague peignoir qu'elle avait enfilé par-dessus son tee-shirt.

Comme il restait bras ballants, elle reprit :

— On va se mettre au lit. Sauf si vous voyez une meilleure solution.

Il se vit nu, encadré par deux flics. Ce serait pire que tout.

— Mais si vous préférez, vous pouvez ressortir. Je veux bien vous aider, mais avec un minimum de chances de réussite. Et ne croyez pas que je fasse ça pour rigoler, même si c'est un peu rigolo. Et si c'est la pudeur, alors, croyez-moi, j'en ai vu de toutes les couleurs, de toutes les formes, de toutes les tailles et je ne sais pas ce qui pourrait encore m'étonner.

Penaud, Martin commença de se déshabiller.

— Je m'appelle Prune. Faites semblant de dormir.

Martin ferma les yeux, sans plus s'étonner de rien. Il se redressa tout à coup comme un diable : il n'avait pas appelé Bertrand.

— Du calme. Vous m'avez fait peur. Fermez les yeux et ne bougez plus, bon sang !

Il se laissa enfin aller dans les draps chauds qui sentaient le sommeil. Ses pensées défilèrent en désordre, trouver un logement, appeler le patron, Bertrand, surtout, d'abord, trouver le mobile du meurtre, se cacher, sauver sa peau.

Il se répéta : « Ma peau, ma peau, je suis dedans, dedans ma peau, à l'abri, caché, là où personne ne peut m'atteindre. »

Il chercha à tâtons la table de chevet où se trouvait sa montre, rencontra le vide, se laissa rouler de l'autre côté du lit, buta sur un obstacle doux et chaud et se redressa terrifié. On avait remis le cadavre dans son lit. C'était un piège. Ses yeux s'habituaient à l'obscurité. Il reconnut qu'il n'était pas chez lui, mais, ce poids contre sa jambe... Prune... Ce n'était pas possible... Il ne voulait pas regarder, juste quitter cet endroit inconnu et terrifiant.

— Vous avez fait un cauchemar ?

La lumière en même temps que la voix fraîche rétablirent la réalité :

— Prune, c'est ça ? Excusez-moi, je me suis endormi. Pardon. Je vais m'en aller.

— Mais pourquoi ? Tout va bien. Et heureusement que vous dormiez. Vos ronflements avaient le ton de la vérité.

— La police est venue ?

— Et comment ! Charmants vraiment. Je les ai assommés de questions. Qu'est-ce que vous avez fait ? Ils n'ont pas voulu dire.

— Je n'ai rien fait mais je suis seul à le savoir.

Il lui demanda pourquoi elle prenait de tels risques pour un inconnu.

— Je ne sais pas. Je dois faire confiance à mon instinct ou quelque chose comme ça. Allez, rendormez-vous. C'est ce qui peut vous arriver de mieux.

Elle-même se mit dans une position de sommeil têtue. Il n'y résista pas.

Elle dormait toujours, le souffle régulier, quand la lumière du jour le réveilla à nouveau.

Il se dit que les gens voulaient toujours quelque chose de vous, ou à travers vous, de l'argent, de l'amour, un enfant, de la reconnaissance.

Qu'exigerait la midinette tout à l'heure ? Du rêve ? Elle avait forcément la tête truffée de romans.

Il n'avait rien à donner.

Sans bruit, il se leva, s'habilla et sortit.

Eh bien moi, je parierais qu'elle était bien réveillée, qu'elle l'entendit partir et ne réagit pas parce qu'elle était plus simple et bonne que Martin n'est même capable de l'imaginer.

Il hésita devant la porte de Françoise, puis passa. L'immeuble était désert, la rue aussi, semblait-il.

Martin sortit sans encombres.

Il trouva une cabine et appela Bertrand. Assez réticent, le journaliste prévint Martin qu'il ne ferait rien sans l'accord du patron. Il lui livra quand même quelques informations : la femme n'avait pas été identifiée. Elle n'avait aucun papier dans son sac. La police cherchait à savoir depuis quand et dans quelles circonstances ils avaient fait connaissance...

— Ils ne trouveront rien. Je l'ai vue pour la première fois ce soir-là.

— Pas avec moi, Martin. Et la cassette et les lettres...

— Ils croient que c'est elle sur la cassette ? Ils connaissent sa voix ?

— Non, mais ça colle avec les lettres.

— Quelles lettres ? Ils font fausse route.

— Et la photo... pourquoi nier l'évidence ? Je comprends que vous ayez paniqué, mais maintenant que vous avez eu le temps de réfléchir, pensez au journal.

— Je ne pense qu'à ça, vous pouvez imaginer !

— Votre ironie est totalement déplacée.

— Excusez-moi, vraiment. Donc, vous ne voulez pas m'aider ?

— De toute façon, il faut d'abord que j'en réfère au patron... Où est-ce que je peux vous joindre ?

Qu'est-ce qu'ils s'imaginaient ? Qu'il avait une boîte postale, un téléphone de dépannage au cas où il serait obligé de prendre le maquis ?

Il se dit avec une certaine satisfaction qu'il les emmerdait tous. Après tout, il s'était révélé dans la guerre, quand il fallait travailler seul dans l'ombre. Pour piéger l'adversaire on devait se montrer plus malin que lui, utiliser ses méthodes contre lui.

Il n'avait besoin de personne.

C'était un combat singulier.

Martin commença par retirer autant d'argent que possible de distributeurs automatiques. Il répartit les billets dans diverses poches et se sentit protégé.

Il ne se l'avouait pas, mais la trahison de Françoise avait ébranlé ses habituelles certitudes et il se força à effectuer une pirouette cynique en se disant qu'il pourrait désormais tout obtenir d'elle, en jouant sur sa culpabilité. Il avait eu tort de la parer de qualités masculines dont elle était totalement dépouvue. Il fallait se méfier de ces femmes qui jouaient sur les deux tableaux.

Finalement sa relation la plus satisfaisante avait été avec Luce, la femme de Pierre, une petite créature à fleur de peau, ronde, instinctive, riant beaucoup sans s'essayer à des démonstrations raisonnées et intelligentes.

Il se demanda avec nostalgie pourquoi ça n'avait pas duré et se rappela qu'elle s'était mis dans la tête de quitter Pierre pour épouser Martin. Il aimait beaucoup Pierre et avait subtilement amené Luce à changer d'amant, sauvant ainsi ses relations amicales avec le couple.

Pierre, voilà qui il fallait aller voir. Pierre ne portait jamais de jugement, il était capable de tout entendre, il était discret et de bon conseil.

Quand la rame de métro entra dans la station, Martin aperçut en reflets morcelés un clodo à l'œil battu, aux épaules voûtées. Bardé de billets neufs, il eut envie de donner un peu d'argent à cet homme esquinté pour se porter chance.

Il mit la main à sa poche, se retourna, mais l'homme avait disparu, ce qui lui laissa une impression de malaise.

Il n'avait pas pris le métro depuis des années. Il trouva le wagon repoussant de saleté et d'odeurs mélangées. Deux fauteuils avaient été éventrés. Une Marilyn au pochoir répétait à l'infini sa silhouette provocatrice et des graphismes illisibles, mais élégants, clamaient au monde les patronymes indicibles de héros obscurs.

Martin alla s'asseoir à côté de l'unique passagère de la voiture par besoin de chaleur humaine.

Elle se leva, offusquée, et changea de place.

Deux flics entrèrent dans le wagon et, les épaules raidies, Martin se détourna vers les rails. Il aurait aimé sauter sur la voie, courir à l'autre bout du tunnel, déboucher à l'air libre, à la lumière.

Il appuya son front contre la vitre et se laissa happer par l'obscurité.

— Vous ne vous sentez pas bien ?

L'un des flics lui secouait l'épaule.

Il répondit d'une voix mal assurée qu'il était fatigué, qu'il avait peu dormi... s'aperçut à temps qu'il se lançait dans trop d'explications, vit du coin de l'œil qu'il arrivait à Pigalle où il voulait descendre et décida aussitôt d'attendre la station suivante pour ne pas donner l'impression de fuir.

En réalité, il n'avait plus aucun répondant.

Un crissement de sable l'avait alerté. Il continua de marcher plié en deux, l'œil sur les rares buissons en face de lui, mais ses deux oreilles étaient tournées vers l'arrière.

Il fallait repérer de quel côté viendrait l'attaque. Comme mû par un sixième sens, il fit volte-face, attrapa le poignet du fellagha qui lâcha son couteau et, du tranchant de la main gauche, assena un coup rapide sur la nuque de l'homme qui s'affaissa.

Au moins cela avait un sens, même absurde. Chacun voulait détruire l'ennemi. Mais la femme morte dans son lit n'avait pas de sens.

Avant de tourner dans la rue Ballu, Martin tomba nez à nez avec le mendiant du métro. Il secoua la tête comme on chasse une pensée inopportune et le mendiant aussi secoua la tête. Martin était face à son propre reflet dans la glace d'un café.

Le premier choc passé, il se dit que c'était pour le mieux. Il était méconnaissable, comme un poisson dans l'eau, c'était la première étape.

Martin ne se sentait pas suivi. Il avait raison. Il n'était pas suivi, il était attendu par Claude, devant la Société des auteurs. Dans une mise en abyme involontaire, Anne, qui filait Claude depuis deux heures sans le quitter des yeux, faillit rater Martin.

Elle avait deviné que l'attente du jeune homme cessait sans comprendre pourquoi. Il s'était détourné. Elle s'était avancée pour se retrouver nez à nez avec celui que, depuis la veille, elle appelait l'allumeur.

Il ne la reconnut bien sûr pas, puisqu'il ne l'avait pas remarquée au « Village ».

Elle le trouva vieilli à la lumière du jour et ne l'en aima que mieux.

Il entra au numéro quarante et elle continua sa route.

Pas de coïncidence : deux jours de suite, le jeune homme guettait un homme qui ne le connaissait pas.

Pour son plaisir, Anne aurait préféré attendre que l'autre ressorte, mais, voyant Claude s'éloigner d'un pas vif, elle se dit qu'il la ramènerait immanquablement à l'allumeur.

Il remonta vers le boulevard, entra dans une cabine téléphonique et parla la bouche collée au récepteur. Puis il sortit, avec un teint de convalescent.

L'œil vacant comme lorsqu'on regarde à l'intérieur de soi, il pénétra dans le premier café venu et avala un verre d'alcool ambré.

Sa vieille habitude de curiosité avait enseigné à Anne qu'il faut savoir anticiper les déplacements de la personne qu'on suit.

Le jeune homme ne resterait pas dans le café.

Quand il sortit, elle n'eut aucun mal à le pister.

Il entra dans le petit hôtel fraîchement repeint en couleur crème où il était rentré la veille. C'était à deux pas de La Fourche, à quinze minutes de chez les parents d'Anne. C'était pratique.

L'assistante en blouse blanche venait de quitter la salle d'attente où elle avait installé Martin, quand elle y entra à nouveau pour lui annoncer qu'on le demandait au téléphone dans le bureau du docteur.

— Bonjour Pierre, pardon de te déranger, mais...

— Le téléphone est là.

— Personne ne savait que j'allais venir ici. Pas même moi...

C'était une mauvaise introduction. Il prit le combiné, reconnut aussitôt la voix :

— Des chiens comme vous doivent payer la mort des innocents qu'ils ont fait massacrer. Vous m'avez fait mourir l'année de ma naissance et votre vie ne vaut plus rien. Je suis votre ombre. Vous ne pourrez pas m'échapper.

L'homme raccrocha.

Machinalement, Martin avait noté les phrases sur le bloc à ordonnances de son ami. Il s'en excusa en disant :

— Je crois que c'est le type qui m'a appelé après le meurtre.

Devant l'œil rond du médecin, il comprit que son ami ne savait encore rien.

Bourlin s'assit à son bureau sans le quitter des yeux et Martin se mit à faire les cent pas. Il essaya de résumer brièvement la situation, mais son récit tenait plutôt du cauchemar où une image en appelle ou en rappelle une autre, sans lien logique. Il entendait, venue de loin, son improbable histoire, mais il n'avait rien d'autre à raconter. Il conclut comme une réflexion à haute voix que cet ennemi invisible le connaissait très bien, forcément, pour arriver à anticiper ainsi ses mouvements, ses pensées, ses réactions. Il faisait certainement partie de ses proches. Un ami, une connaissance pouvait-il cacher derrière une façade de normalité une paranoïa délirante ?

Le visage inexpressif, Bourlin griffonna quelque chose :

— Tout d'abord, j'aimerais que tu prennes ça. C'est léger, mais ça te calmera les nerfs. Tu as vécu un épisode traumatisant auquel tu es incapable de faire face... Quoi que tu penses...

— Mais je n'ai pas le choix. Mets-toi à ma place.

— C'est ce que je suis bien incapable de faire. Nous ne sommes pas pareils. Personne ne peut se mettre à ta place, heureusement. Ne me demande pas un avis sur ce soi-disant meurtre, sur qui a fait quoi ni même sur ce que tu dois faire. Je ne peux te parler que de ce qui te concerne directement et sur quoi tu as donc un certain pouvoir. Tu traverses, de fait, une crise depuis quelque temps. J'en parlais avec Luce l'autre jour. Et te voila plongé dans un drame qui te permet, crois-tu, de retrouver ta jeunesse héroïque et audacieuse. C'est un leurre.

Martin était exaspéré d'être jaugé par ce couple-là. Si Bourlin avait connu les abandons de la sage Luce dans le petit hôtel près de la Bourse, peut-être aurait-il hésité à lui faire la leçon.

Il lui rappela qu'il n'avait ni voulu, ni déclenché, ni agi son drame actuel. Pierre insista sur l'aspect de rébellion enfantine que comportait son refus d'aller trouver la police. Il ne semblait pas du tout prendre en compte l'aspect criminel, concret de l'affaire.

— Je ne peux donc pas compter sur toi ?

— Ça n'a rien à voir. Je croyais que tu voulais mon avis. De toute évidence, il ne t'intéresse pas. Tu veux une approbation et une aide. L'approbation, c'est impossible. Alors quoi ? De l'argent ?

— C'est la première chose à laquelle pensent les gens qui ne veulent rien donner.

Il reconnut aussitôt l'imbécillité de sa remarque et s'excusa d'un geste :

— J'ai besoin d'un endroit où dormir.

Martin savait que Bourlin possédait une chambre de bonne sans confort dans le quartier. Et Bourlin savait que Martin savait. Il lui donna la clé. Il n'avait pas le choix.

Place Clichy, Martin acheta *France Soir* dans un kiosque et eut le choc de trouver sa photo en quatrième page. Heureusement, il ne se ressemblait plus.

L'article était bref : le journaliste était recherché comme témoin. On insistait sur sa notoriété professionnelle et sa mystérieuse disparition.

Une consigne de discrétion avait circulé. Le patron avait dû passer quelques coups de fil. Comme ça, Bourlin pourrait continuer de croire que son ami était délirant et le dénoncer en toute conscience.

Martin se surprit à glousser en s'engouffrant dans le métro.

CHAPITRE CINQ

C'est un hôtel familial. Un petit tracteur en plastique trône dans le couloir. A droite, s'ouvre la pièce télé avec un divan, quelques chaises et trois revues, à gauche la salle des petits déjeuners, en face l'escalier montant aux chambres et à gauche, en retrait, la réception, vide, comme il se doit. Des bruits d'engueulade sans drame traversent la porte derrière le comptoir, qui conduit à l'appartement privé. L'accent du Sud-Ouest édulcore les injures pourtant raides.

Il est facile d'entrer et de sortir sans se faire voir. Il n'y a que trois emplacements vides au tableau d'accrochage des clés.

L'un des enfants a rapporté un mauvais bulletin du lycée et les parents s'en accusent mutuellement. En plus, le déjeuner n'est pas prêt, les courses pas faites et il leur manque toujours une femme de chambre.

Ils semblent décidés à faire un tour panoramique de la situation familiale et Anne va s'asseoir devant la télévision. Elle se sent bien ici et songe qu'elle aura besoin d'un nécessaire de toilette. Le papier mural est jaune avec des dessins géométriques et le canapé ocre. Malgré la proximité du boulevard de Clichy, la rue est calme.

Un couple, qu'on ne peut soupçonner d'être légitime, entre dans l'hôtel. C'est la femme qui hèle les patrons d'une voix surprenamment forte.

Un petit homme apparaît. La transaction s'effectue sans palabre et Anne s'approche à son tour. Tandis que les clients montent, le patron prend un air entre deux airs :

— On est bien obligé d'accepter aussi cette clientèle-là, autrement, on ne s'en sortirait pas. Mais ça ne nous empêche pas d'être une maison honnête. Vous voulez une chambre ?

Anne demande une salle de bains, puis jette un œil sur la liste des prix. Elle se débrouillera toujours.

Elle règle une nuit d'avance et ne remplit aucune fiche.

Il lui indique le deuxième étage à gauche, quand sa femme apparaît à son tour. Grande, osseuse, elle arbore un sourire chevalin qui découvre largement gencives et dents protubérantes. Le corps est fluet et une énorme poitrine vient parfaire l'incongruité de sa construction. Lui est petit, nerveux, très brun, la peau olivâtre, l'œil triste et intelligent.

C'est elle la patronne.

Elle salue Anne avec une amabilité terrifiante, puis sort, cabas au bras.

— C'est votre femme ?

— Oui.

Il a l'air encore plus triste.

— Moi qui voulais vous demander un café. Mais je ne vais pas vous compliquer la vie...

— J'allais justement m'en préparer. Avec plaisir. Le temps que vous montiez voir votre chambre...

La chambre est propre sans exagération, avec une vraie baignoire. Elle a laissé la porte entrouverte et entend distinctement une clé tourner dans une serrure. Elle s'appuie contre le mur, l'œil sur le corridor et voit passer le jeune homme.

Le bout de couloir retombe dans l'obscurité sur un clic de la minuterie et Anne tressaille.

Elle se demande soudain si elle n'en est pas arrivée au point où tout est bon pour remplir la vacuité de sa vie.

Elle chasse cette idée qui la mène toujours à la même conclusion et tente de se réjouir de savoir le jeune homme au même étage qu'elle.

Il ne l'a pas vue. Elle entend son pas ferme décroître et disparaître et descend à son tour rapidement.

Le patron a posé un plateau dans la salle des petits déjeuners et s'est familièrement installé à la table.

— Je viens de croiser un de mes voisins.

— Claude Rolland. Il fait partie des meubles. Ça fait plusieurs mois qu'il habite ici. C'est devenu rare maintenant, parce que ça fait cher, à la longue.

— Il est riche, lui ?

— Oh, personne n'est riche ici.

— Qu'est-ce qu'il fait ?

— Il travaille au champ de courses. Il vous a tapé dans l'œil, on dirait ?

Son ton, son œil grivois agissent comme des signaux d'alarme.

— Appelons ça de la curiosité professionnelle.

— Vous êtes de la police ?

Elle se joint poliment à son éclat de rire.

— J'écris des livres. Alors tout m'intéresse. Et j'aime bien de temps en temps aller dans les hôtels. Pour être ailleurs, vous comprenez ?

— Non. Pour moi, c'est le contraire.

Il lui offre une cigarette qu'elle refuse. Il en saisit une entre le pouce et l'index, la fiche au milieu de sa bouche arrondie en cul de poule et fixe Anne de son œil plissé.

Elle espérait le faire parler et prolonger la conversation aussi longtemps que possible, mais l'attitude de l'homme n'est plus équivoque à force de l'être.

Elle le remercie et s'éclipse.

Elle se croise dans la glace de l'entrée et, en voyant son air de jeune fille rangée, trop pâle, aux yeux démesurés, aussi peu sexy que possible, elle se demande ce qui, chez elle, provoque ainsi l'audace des hommes. La réponse surgit, instantanée : elle s'estime peu, se méprise souvent.

Elle s'est un jour postée à un coin de rue passante. On lui a demandé une fois du feu et trois fois une rue sans jamais lui proposer la botte.

Les hommes considèrent peut-être qu'elle ne s'apprécie pas assez pour oser se vendre. C'est vrai, elle n'est capable que de se donner et elle ne s'en est pas privée.

Mais un seul l'a prise, la laissant irrécupérable pour d'autres, affamée sans espoir d'apaisement.

Son ventre se creuse en boule de vide, elle perd l'équilibre et se raccroche à la rambarde de l'escalier.

— Ça va, mademoiselle ?

— Oui, oui, merci.

Elle monte en se faisant des mines, en se susurrant des : « Ma chère, pauvre chochotte, quelle délicatesse, et gna, gna, gna. »

Elle se botte les fesses mentalement une ou deux fois avant d'arriver devant sa porte, le 24.

Dans la chambre, elle se déshabille en un tournemain, se recroqueville dans le lit, un oreiller entre les bras et se plonge dans une réflexion qui la conduit droit au sommeil.

Martin était descendu à la gare d'Argenteuil et se laissait guider par une mémoire sensible si fragile qu'il s'étonnait que le fil ne s'en rompît point.

S'il fermait les yeux, il sentait le contact rugueux et rassurant de cette grande main qui entourait la sienne petite et tendre et écoutait la voix enjouée, raffinée qui avait prolongé l'existence de sa mère par-delà la mort.

— A chaque fois que tu auras une inquiétude, va interroger les arbres. Dans la forêt se trouvent toutes les réponses. Tu verras parfois un jeune arbre ambitieux qui s'est élancé vers le ciel à toute vitesse pour distancer les autres et il a grandi, grandi, vite. Mais son tronc est resté frêle. Il n'a pas pris le temps de consolider ses racines, ses branches et au premier coup de vent un peu dur... crac.

Les « crac » de sa grand-mère avaient toujours un son sinistre qui faisait frémir le petit garçon.

En parlant d'arbres, il reconnaissait cette rue de marronniers à gauche, miraculeusement intacte. Et voilà, sur la gauche, la petite maison, « Villa des Roses », sa plaque un peu abîmée par le temps mais assez briquée pour lui renvoyer son nouveau reflet auquel il ne s'habituait pas.

Martin est une des rares personnes que j'aie rencontrées qui n'ait jamais eu de problème avec son image. Il se reconnaît instantanément dans les miroirs.

Il n'osa pas se présenter à la vieille dame sous un aspect aussi minable. Rebroussant chemin, il se dirigea vers le centre-ville et demanda le bain-douche municipal.

Enfermé dans la petite cabine, il fit couler l'eau pas très chaude malgré le robinet poussé à fond, contre son dos, puis sa poitrine, avant de se savonner du crâne aux orteils. Il arrêta l'eau, se laissa glisser par terre et resta un moment, menton sur la poitrine, jambes étendues.

Pour infiltrer l'ennemi, il n'est pas nécessaire de le connaître.

Il suffit de le faire douter de son entourage s'ils sont plusieurs, de ses moyens ou de sa sécurité, s'il est seul. La voix voulait le punir d'un crime imaginaire. Il fallait lui laisser entendre qu'elle se trompait de coupable, la traquer au lieu de se laisser traquer, savoir qui la commanditait. Françoise l'aiderait. Maintenant, elle était tenue de l'aider et, pour cela, il fallait la surprendre. Elle avait cru agir pour son bien en appelant les flics et il allait lui pardonner en lui prouvant qu'il la comprenait, mais qu'elle avait fait une erreur qui aurait pu lui être fatale. Pour l'instant, il ne pouvait compter que sur elle et Bertrand. L'une parce qu'elle l'aimait, l'autre parce qu'il ne l'aimait pas.

Une voix parasitait ses réflexions depuis un moment. Il crut d'abord avoir pensé tout haut, mais non, cela venait de la cabine d'à côté :

— ... Allez, va, fais-moi péter le...

La fin de phrase fut inaudible.

Une voix plus jeune :

— Salaud, si vous croyez que c'est facile comme ça.

— Tu veux que je te branle ?

Des drôles de bruits indistincts. Martin ne pouvait s'empêcher de tendre l'oreille, retenant son souffle, curieusement troublé.

— Ça va comme ça.

Deux souffles rauques un rien de temps, puis le silence. Une porte qui s'ouvre et se ferme. Un bruit de sanglots étouffés. Puis le silence épais.

Martin se leva du carrelage froid et sortit silencieusement, la serviette rêche nouée autour de la taille.

Il était en train de se raser, quand il aperçut, en reflet dans la glace, un grand type baraqué au visage glabre qui finissait d'enfiler un blouson de gabardine beige sur un holster de flic.

Dix minutes plus tard, Martin tournait dans la rue aux marronniers. L'ombre d'une moustache commençait à se dessiner sur sa lèvre supérieure. Il avait remis sa cravate et son costume un peu froissé lui donnait une apparence négligée, mais pas crasseuse.

Il tira sur la chaînette reliée à la cloche et la porte s'ouvrit bientôt sur la plus grosse dame qu'il eût jamais vue. La graisse la capitonnait en sorte qu'aucune ride, aucun accident ne venait interrompre la surface lisse de la peau.

Ses petits yeux ronds semblaient deux boutons de tapissier enfouis dans des bourrelets et elle avait la respiration haletante des obèses.

— Bonjour madame. Je voudrais parler à madame Lisieux.

— Oh, mais elle est morte depuis longtemps...

Quand elle souriait, ses joues se gonflaient, étirant encore un peu plus la membrane du visage.

— Je peux vous aider ?

— C'était une amie de ma grand-mère et je me rappelais qu'elle faisait pension de famille.

— Ça aussi, c'était il y a longtemps. Mais entrez. Je ne vais quand même pas vous laisser ainsi sur le trottoir.

Rien n'avait changé. Le grand buffet sculpté dont la vieille dame sortait immanquablement la boîte à biscuits, le petit meuble en carton bouilli aux multiples tiroirs qu'il était autorisé à ouvrir chaque fois, « exceptionnellement aujourd'hui ». Seule l'odeur avait subtilement évolué et la pièce semblait étriquée, sans espace, sans respiration, comme si la grosse dame en avait aspiré tout l'oxygène.

Elle était la nièce de madame Lisieux. Elle avait hérité de la pension et d'un peu d'argent, mais son « état » comme elle appelait sa monstrueuse corpulence, ne lui avait pas permis de continuer à recevoir des hôtes.

Elle avait bien connu l'oncle de Martin, quand ils étaient enfants et que l'avenir était encore ouvert.

Elle accepta de le loger, s'il n'était pas trop exigeant.

Elle semblait persuadée qu'il s'appelait Rénaud comme le reste de la famille maternelle. Il ne la démentit pas.

Elle ne lui posa aucune question.

Il n'y avait pas de télévision, pas l'ombre d'un journal et cette lointaine cousine, après un temps d'accommodation, lui était presque sympathique.

Il avait trouvé son QG.

Claude marchait obstinément sur le bord du trottoir, avec interdiction de passer la ligne de démarcation. Il s'agissait de noter précisément tous les éléments envahissant son champ de vision, de les répertorier pour en être débarrassé. Ainsi en allait-il des incohérences de la vie. Il suffisait de les nommer pour les dissoudre en néant.

Mégot blonde filtre fumée aux trois quarts, merde de chien noire sèche triangulaire, gravier, tâche d'huile, morceau de journal volant, boîte de préservatifs déchirée, pièce de vingt centimes, roue de voiture d'enfant, bâtonnet de glace en bois, il n'est pas allé à la chambre, merde de chien énorme, jaunâtre, marque de talon dans la merde, traces s'estompant de merde jaunâtre finissant sur le bord du trottoir, il n'était pas allé rue des Martyrs, papier argent froissé, ampoule, merde de chien en trois morceaux, lacet.

Martin avait été si docile jusque-là. Il l'avait cru usé, vieilli et, par souci esthétique, n'avait pas voulu faire le tâcheron et s'attacher à ses pas.

Il se sentait seul maintenant que le contact était rompu, seul et affaibli. Il devait s'en tenir à son plan, donc passer à l'opération subversive 2, mais il y allait sans entrain, sans cette jubilation qui l'avait animé jusque-là.

Il s'arrêta pour respirer car il se sentait asphyxié. Ce n'était pas le moment de douter, chaque instant qui passait le rapprochait de Martin.

Il allongea ses enjambées, s'arrêta devant l'immeuble de brique et entra.

Il croisa le facteur qu'il salua poliment et se dirigea vers l'escalier.

— S'il vous plaît ?

Il se retourna d'un bloc. Le facteur revenait sur ses pas.

— Madame Beaujour, vous connaissez ?

Pas le temps de réfléchir ni de marquer la moindre hésitation.

— Elle habite au quatrième gauche.

— Merci. Depuis qu'il n'y a plus de concierge, on ne s'y retrouve plus.

— Je vous en prie.

Il commença de monter l'escalier, le facteur derrière lui.

Il continua jusqu'au cinquième, ce qui ne faisait pas son affaire, et attendit sur le palier, une oreille tendue vers les appartements alentour, une autre vers l'étage du dessous, d'où lui parvenait maintenant une voix de femme :

— Une lettre recommandée ? Merci. Attendez.

Pendant que le facteur redescendait, d'autres pas se firent entendre et Claude se dirigea vers le sixième et dernier étage, croisant une shampooineuse, comme il la qualifia aussitôt, qui claironna un joyeux « Bonjour ! ».

Il se dit que c'était vraiment une journée de merde et redescendit enfin vers le quatrième.

Il sonna, très énervé.

— Oui... ?

La porte resta fermée.

— Je suis un ami de Martin.

— Oh... Attendez.

Il entendit le verrou, la porte s'ouvrit et la femme qu'il connaissait si bien lui sourit, tendue :

— Entrez.

Les goûts de Martin avaient parfois quelque chose de décourageant. Sourire avenant par principe, purement de façade, jupe droite pas trop longue, pas trop courte, pas trop étroite, pas trop large, gaffe aux excès, chemisier de soie obligé, la coupe carrée impeccable, des lampes partout et des revues de déco sur la table basse. Il se contenta de contenir un soupir.

Elle lui tendit une main sèche et ferme, comparée à la sienne moite et molle :

— Françoise Beaujour. Je ne crois pas que nous nous connaissions.

— René Barsaq. Avec un *q*.

Il se mit à rire nerveusement.

Son regard à elle se troubla. De peur, de méfiance ? Il y lut aussi un mépris de classe instinctif.

Il aurait pu agir tout de suite, mais il voulait établir quelque chose, être admis chez ces gens-là.

— Martin ne sait pas que je suis venu. Il n'a plus confiance en vous. Il a tort, mais comment la police a-t-elle su qu'il vous rendrait visite ?

— Ils m'ont dit qu'ils avaient reçu un coup de fil anonyme. Vous savez où est Martin ? Vous êtes en contact avec lui ?

— Mais oui. Je suis la seule personne qu'il est obligé d'écouter.

— Mais qui êtes-vous ?

— Je suis... j'étais l'ami de Suzanne... la femme assassinée.

C'était à éclater de rire, l'imbécillité qui envahit son visage. Totalement dépassée, la pauvre.

— Mais oui. Une femme, ça crée des liens, entre deux hommes. Martin était tombé raide d'elle. Bon, on s'est organisé. Et quand je dis raide... moi, j'étais sûr que c'était entièrement sexuel. Mais ça durait, ça durait...

— Depuis longtemps ?

— Six mois. Vous comprenez, elle me disait tout, alors j'étais aux premières loges. Ah, il était insatiable et elle en faisait ce qu'elle voulait.

Elle ne contrôlait plus rien de son visage. C'est curieux, l'effet de la souffrance. Quelque chose qui vacille dans le regard, comme devant un coup physique, les traits qui s'affaissent.

Il continuait d'enfoncer la lame puisque de toute façon, il avait aussi les moyens de la soulager.

Elle finit quand même par s'alarmer. Il le vit dans son œil avant que les mots ne sortent :

— Pourquoi me raconter tout ça ?

— Parce qu'à dégueulasse, dégueulasse et demi.

Il se mit à l'insulter doucement. Il se sentait bien déraper, mais c'était comme ça. Elle avait peur et cela l'inspirait. Il égrenait les termes injurieux, grossiers, de plus en plus avilissants et elle reculait vers la porte sans le quitter des yeux.

Il n'était pas dupe, mais faisait semblant de ne s'apercevoir de rien.

Et puis la sève lui était montée d'un coup. Il avait fendu l'air de son bras tendu.

Elle avait essayé de s'enfuir, renversant une de ses jolies lampes, mais il l'avait arrêtée d'un bras et, de l'autre, lui avait brisé la nuque, comme ça, dans un mouvement de shiu tsu, ancien sport de prédilection de Martin.

Elle était tombée comme une poupée de son. Il n'eut pas un regard pour elle. Il s'était creusé jusqu'à devenir un moule vide, une carcasse. Il alla se recoiffer devant la glace de la cheminée. Sur le secrétaire en merisier, il trouva une lettre adressée à Martin, une lettre plus parfaite que tout ce qu'il aurait pu écrire.

Il alluma un cigare, déposa quelques cheveux sur les épaules de la femme, ramassa l'argent qu'elle venait de retirer de la banque et empocha la lettre recommandée qu'elle n'avait pas eu le temps d'ouvrir.

Il sortit en faisant attention de n'être pas vu, plaça les clés sous le paillasson.

Maintenant, que Martin agisse comme il l'entendait : le lien était reformé.

La nuit était tombée quand il se retrouva sur le pont de Tolbiac, accoudé au parapet, regardant l'eau jaunâtre rouler sous ses pieds. Apaisé, il regarda les lumières de la ville dont il se sentait le fils adoptif et parfois inquiétant :

— Ça va mieux. Je vais y arriver et nous serons tous sauvés.

Il lui sembla qu'une ombre passait sur l'eau et lui adressait comme un signe de reconnaissance, tel un témoin de sa vie le suivant et l'approuvant.

Quand il eut rattrapé et dépassé sa fatigue, il rentra à l'hôtel.

Il prit sa clé au tableau et accéléra le pas car il avait hâte de noter toutes ces choses intéressantes qui lui parcouraient le crâne.

Une porte s'ouvrit devant lui, une silhouette lui barra le passage, fit volte-face et s'exclama :

— Mais je vous connais !

— Ça m'étonnerait.

— Si, si, on s'est vu, il n'y a pas longtemps, un soir, dans un bar. On s'est même parlé.

Le couloir n'est pas très éclairé, mais le jeune homme tranche sur l'obscurité par la blancheur de son visage.

Anne le trouve émacié, fiévreux, les cernes creusés marron foncé.

Il y a longtemps qu'elle n'est pas entrée dans la vie de quelqu'un et elle en est curieusement émue.

Le fait d'en prendre l'initiative lui donne un sentiment d'impunité, comme si elle ne s'appartenait plus mais s'imprimait en motif sur un tissu étranger.

Elle devient quelqu'un d'autre. Elle ne sait pas encore qui. Ce grand jeune homme nerveux va l'inventer.

— Vous, vous avez besoin d'un remontant.

— Mais, mais, mais, mais non.

— Si, si je vous assure. Un coup de froid sûrement. Vous avez tous les symptômes.

Dépassé par son bégaiement, il n'osait plus ouvrir la bouche. Il poussa légèrement cette folle, pour lui échapper. Elle le retint par le coude. Il se tourna et reconnut le visage en pleine lumière, reconnut les traits de son visage car la personne même lui semblait différente.

Elle avait un sourire en tirelire. Elle était plus petite que dans son souvenir, mais pleine d'énergie. Il le sentait à la pression sur son coude qui ne se relâchait pas.

— Ah, ça y est, vous me remettez. Eh bien, vous voyez. Nous ne sommes plus seuls ce soir.

Il sentit son haleine chargée d'alcool en même temps qu'elle se demandait si elle n'avait pas trop forcé sur le whisky.

— Allez, venez prendre un remontant dans ma chambre.

Anne se rend compte qu'elle fait fausse route, mais elle ne peut pas se retenir.

Quand il répond qu'il veut aller se coucher, elle s'empêche de rétorquer que l'un n'empêche pas l'autre.

Elle le trouve tout à coup agaçant et, lui tournant le dos, s'éloigne vers l'escalier.

Tout s'arrêta. Le noir se fit autour de lui, en lui. Sa respiration s'interrompit et il entendit le souvenir infernal à deux temps, le rythme régulier avant-arrière et le bruit enflant et décroissant alternativement de la courroie entraînant l'aiguille.

Un sentiment de misère absolue l'envahit et il courut dans sa chambre.

Il se précipita à sa table, ouvrit son cahier, mais des larmes lui brouillaient la vue et, de toute façon, il n'avait rien à écrire.

La vie était là. Pourquoi ne pas y croire ? Et si c'était le rêve de toujours qui venait de lui passer sous le nez, ivre ou pas ?

Il se moucha, aspira trois fois de suite, se regarda dans la glace, bondit hors de sa chambre, dévala l'escalier... et stoppa net, crétin devant elle, qui, accoudée au comptoir, expliquait à la patronne pourquoi elle devrait se faire couper les cheveux.

Cette dernière le regarda, étonnée :

— Vous ressortez déjà ?

Claude se tourne vers Anne :

— Vous avez dîné ?

Elle a un sourire comme il n'en a jamais vu, radieux, intimidant et le regard confiant d'une petite fille pour qui le monde n'est ni inquiétant ni dangereux, un paradis qu'il n'a jamais connu.

— C'est une invitation ?

Elle le suit, comme cela dans sa petite robe, sans embarras, sans sac, elle le suit comme si c'était écrit.

Il est si ému, une grosse boule dans la gorge, envie de lui dire qu'il vient de tuer une femme, pour faire place nette entre eux, mais c'est trop tôt. Ou bien lui dire quelque chose de magnifique comme elle n'en a jamais entendu.

Elle semble si insouciante, son œil fureteur attrape les passants au passage, un intérieur éclairé, un porche d'immeuble entrouvert sur une cour mystérieuse.

Il voit le monde comme jamais de sa vie.

— Où allons-nous ?

Il n'en sait rien. Il ne connaît que des bouis-bouis indignes de l'événement. Il n'a même pas vérifié s'il a assez d'argent sur lui. Puis il se rappelle la liasse de billets qu'il a trouvés là-bas et il se dit que la vie est enfin de son côté.

Il a tant de choses à lui révéler. Elle peut tout comprendre. Mais aujourd'hui, il va lui raconter la plus belle de ses vies. Il veut y croire pour qu'elle y croie.

Ni avant ni après, simplement ce moment à marcher à côté d'elle, à sentir son pas, à y ajuster le sien et peut-être continuer ainsi pour l'éternité une marche dans la nuit, sans interruption pour brouiller la perfection.

— J'ai une idée, s'exclame Anne.

Il ose enfin la regarder. Elle lui fait face sans le regarder vraiment. Son œil voltige au-dessus de son épaule gauche, glisse sur ses joues, repart :

— On choisit le premier restaurant sur lequel on tombe, quel qu'il soit, d'accord ?

— Oui.

Cette personne, il n'ose pas penser fille, est magique. Si elle peut ainsi tout résoudre, ne pourra-t-elle pas le sauver ?

Anne a triché. Elle a tout de suite su qu'avec celui-là il fallait ne respecter aucune règle, être prêt à contester même la vérité la plus criante.

Il a un petit air veule et soumis qui attire le mensonge, mais il l'intéresse. Il a l'œil rétréci de quelqu'un qui a trop dormi ou trop pleuré.

Une de ses mains porte une griffure profonde qui remonte jusqu'au poignet, qu'il n'a même pas nettoyée.

Il lui rappelle un jeune matou croisé dans la rue, le poil blanc douteux, l'échine couverte de plaies ouvertes, un œil à moitié arraché.

Elle s'est arrêtée pour prodiguer une bonne parole, ou les premiers soins, pourquoi pas et le chat l'a regardée d'un œil si sournois qu'elle a éclaté de rire :

— N'aie jamais l'air d'un troisième couteau. A force d'avoir la tête de l'emploi, on n'arrive plus à sortir de sa peau.

Puis elle avait tapé du pied pour le faire déguerpir.

Elle sait pertinemment qu'en tournant à droite, ils vont tomber sur un couscous bon marché où on boit un rouge algérien qui brouille les têtes les plus solides :

— Oh, s'exclame Claude qui avait espéré nappes blanches et bougies, regardez !

— Formidable. Un couscous poulet, exactement ce que je voulais manger.

Est-il possible qu'elle soit toujours aussi gaie ? Y serait-il pour quelque chose ? On peut même rêver, imaginer qu'elle l'a cherché, trouvé, ou alors il va falloir entièrement reconsidérer la vie et le hasard. Si elle est entrée accidentellement dans son hôtel, c'est que le destin répond parfois à des attentes secrètes, qu'on peut s'en remettre à lui et même cesser de vouloir.

— Je m'appelle Anne.

Solennelle, en lui tendant la main au-dessus de la table.

— Et moi, Claude.

— Alors comme ça, vous ne vous étonnez pas de me trouver dans le couloir de votre hôtel ?

Une petite bise glaciale lui effleure le dos. A croire qu'elle lit dans ses pensées. D'elle, rien ne peut l'étonner, mais les conséquences se profilent, vertigineuses.

Elle attend sa réponse.

— Si, bien sûr. C'est pour ça que je ne vous ai pas tout de suite reconnue, alors que j'aurais dû.

Demandera, demandera pas. Un bon point pour lui, il n'a pas demandé.

Ils sont assis. Elle adore cet endroit, les murs de carrelage blanc, les lumières au néon, le comptoir de formica.

— Je n'ai pas l'habitude d'aborder les femmes. L'autre soir... C'était sans réfléchir, quelque chose que je devais faire et j'ai senti que vous me compreniez.

— J'ai failli vous répondre que la solitude ne se partage pas, mais ce n'est pas la bonne réponse. Je suis très contente d'être ici.

Cela enfin est sincère.

— Je vis seul. Je sors peu, sauf pour mon travail. En ce moment, je travaille sur un gros truc, j'écris.

Ce n'est pas un mensonge puisqu'il fabrique une histoire avec de vraies personnes, ce qui est encore plus difficile. A elle, il pourrait peut-être faire lire son journal. Ce serait un tel soulagement, l'arrêt de toutes les hostilités. Un cessez-le-feu qui serait enfin respecté, avant qu'il soit trop tard. Pas comme dans la vie.

— Un roman ?

— Pas vraiment. Je vous expliquerai ça un jour.

Elle n'a pas frémi, rien. Pour elle aussi, il va de soi qu'il y aura d'autres rencontres, d'autres jours.

— Comment faites-vous pour vivre ?

— L'argent ? L'argent n'est pas un problème pour vivre. Mon père était général et il m'a laissé une rente à vie. Il est mort en Algérie. Il s'est sacrifié pour que ses hommes vivent. Moi, je ne l'ai jamais connu.

— C'est pas difficile d'être le fils d'un héros ?

— C'est magnifique !

Elle l'entend ! Elle l'entend ! Avec elle, tout devient

vrai. Si elle est capable de le suivre jusqu'au bout, peut-être n'aura-t-il plus besoin d'achever.

Pour commencer, il lui parle de son père, le général, qui n'était qu'un colonel à l'époque, l'un des premiers à lancer des offensives de nuit. Ses hommes, magnifiquement entraînés, se seraient fait tuer pour lui.

Il était en train d'installer ses positions et de donner des ordres à ses officiers, quand un jeune musulman qui l'adorait était venu l'avertir que les fells avaient l'intention de repasser la frontière tunisienne après une escarmouche en terrain algérien. Les militaires français n'avaient pas le droit de passer la frontière...

— Dans ce cas, je les suivrai seul, dit le colonel en faisant taire les protestations de ses hommes.

Effectivement, il avait repéré le camp des rebelles, s'était faufilé jusqu'à lui et avait balancé plusieurs grenades avant de repasser en Algérie.

Il avait sauvé leur honneur.

Anne mange son couscous avec un appétit furieux. Elle commence à se demander si son instinct ne l'a pas abandonnée. Elle est à court, à court de réactions, d'idées. Il attend un commentaire, quelque chose...

— Et votre mère ? demande-t-elle bêtement.

— Elle ne s'est jamais remise de sa mort. Elle est partie en Inde aider les pauvres et n'est jamais revenue.

Il a les larmes aux yeux comme chaque fois qu'il évoque la petite femme triste et misérable qui a bercé son enfance de deuil.

— C'est superbe, s'exclame Anne, enthousiaste.

Claude entame modestement son couscous.

Anne laisse le silence s'installer sans y penser car, depuis un moment, elle suit avec attention une conversation à la table à côté :

— Ça faisait des mois que je fouillais. Rien. Mais tu sais comment c'est, je le sentais bien, j'avais l'instinct. Et lui, mon vieux, adorable, des câlins tous les soirs, et vraiment super, parce que, j't'avais raconté, au début, c'était pas génial. Mais là, vraiment super et puis, ce jour-là, il venait de s'endormir, je suis allée lui faire les poches et là, je peux pas te dire, t'as beau t'y attendre, t'en douter depuis des mois, même si tu n'as jamais rien trouvé, le choc... Une hôtesse de l'air... Une lettre ! Je te l'ai réveillé, mon vieux, il savait plus où il était, à bout de nerfs j'étais...

— Le salaud.

— Vous n'êtes pas fiancée au moins ? demande Claude, arrêtant le son.

— Je l'ai été...

Elle dit presque « souvent ».

— Vous êtes seule, comme moi.

Anne sent qu'il faut fournir un peu d'énergie si elle ne veut pas que l'ampoule claque. Elle entame une variation sur l'irrésistible attrait qu'a exercé le petit hôtel où ils se découvrent voisins.

Elle raconte une histoire vraie qui a eu lieu dans une autre vie. Elle ressasse en douce son aventure avec Ricardo.

Dans la grande ville, après s'être croisés une fois, leurs chemins se recoupaient sans cesse. Comme il lui faisait peur, comme elle lui semblait dangereuse, ils cherchaient à s'éviter et se retrouvaient immanquablement. Ils avaient eu raison tous les deux. Leur première nuit, il n'avait pas voulu la toucher alors qu'elle était déchirée de désir et ils étaient entrés en amour comme on se jette dans le vide. La chute avait été violente.

Elle s'entend conclure l'autre histoire :

— Le hasard, un roman, un caprice et, pour finir, un couscous.

Dans un rire, car le rire est sa protection.

Engourdi par le vin, détendu par l'abandon d'Anne, Claude se sent acceptable.

Tandis qu'ils retournent à pas lents vers l'hôtel, pour cacher son trouble, il lui livre des bribes de son histoire, alors qu'il ne pense qu'à oser lui prendre la main.

C'est Anne qui saisit la sienne et le fait entrer derrière elle dans sa chambre. La porte refermée, elle le prend dans ses bras et l'embrasse doucement sur les lèvres.

Martin avait attendu la nuit pour monter chez Françoise, après s'être assuré que l'immeuble n'était pas surveillé. Trouvant la clé sous le paillasson, il sut qu'elle l'attendait et entra furtivement. Le vestibule était sombre. Un rai de lumière l'attira vers le living. Il appela doucement, pensa qu'elle était sortie et décida de l'attendre. L'appartement sentait le cigare. Il le nota mentalement comme une incongruité sans s'y arrêter.

Quand il entra dans le salon, c'est le désordre qui lui sauta d'abord aux yeux. Le corps gisant au sol n'en était qu'une composante.

Il pensa cambriolage, mais quand il se pencha pour mieux voir le visage à moitié caché par les franges de velours bleu du canapé, il aperçut la bouche béante, le regard fixe et perdit l'équilibre comme dans les cauchemars où l'on tombe dans une trappe pour une chute abstraite et terrifiante.

Il rouvrit les yeux et regarda fixement la fenêtre dont les rideaux n'étaient pas tirés.

Il pensait : la porte n'est pas fracturée et de qui penserait-on qu'il avait voulu se venger, qu'il avait facilement accès à l'appartement et qu'il avait déjà tué, sinon de lui ?

Le piège venait de se refermer un peu plus.

Il aperçut la lettre sur le secrétaire :

Cher Martin,

Je sais que tu vas revenir me demander des comptes et je t'écris ce que j'aurai peut-être du mal à te dire. Tu m'en veux, forcément, mais avant de t'énerver, lis ces lignes. Je ne pourrai jamais rien faire pour te nuire. Tu devrais le savoir...

A bout de ressources, Martin se mit à sangloter. Dans son épuisement nerveux, dans cette solitude qui lui pesait comme jamais dans sa vie, une petite rigole s'était frayé un chemin jusqu'à son cœur débutant.

Le visage encore mouillé de larmes, il sortit presque en courant, laissant la clé à l'intérieur, cette clé qu'il avait manipulée de ses mains nues.

CHAPITRE SIX

— Ça n'a aucune importance. C'est intimidant, la première fois.

— Je voulais que ce soit bien.

— Moi aussi. Ce le sera. Tu penses peut-être encore à ton ex.

— Sûrement pas. Je n'ai plus envie d'en parler.

— D'accord. On dort ?

— Ici ? C'est-à-dire que ...

— Pas de problème. J'y vais. Bonne nuit.

— Tu ne vas tout de même pas sortir toute nue dans le couloir ?

— Pourquoi pas ? Je suis à deux pas et tout le monde dort.

Anne ramasse ses vêtements sans s'apercevoir qu'une enveloppe s'est coincée entre sa veste et sa robe et, d'un saut de puce, retrouve sa chambre.

Elle s'étire joyeusement dans son lit bien frais, bien propre, bien à elle. Il est pris et ne le sait même pas. Elle l'a choqué en étant le contraire de ce qu'il espérait d'elle.

Demain il en redemandera. Si elle avait su à l'époque de Ricardo... Maintenant elle sait jouer et n'a plus rien à gagner. Il est inutile d'y penser, inutile. Mais utile de penser à ouvrir Claude comme une noix, un labyrinthe qui l'amènera jusqu'à l'autre.

Il lui en a dit plus qu'il ne croit. Il est comme un enfant pris entre idéal et maléfices. S'est-il vanté ou inventé en racontant que la seule femme avec laquelle il a vécu était une prostituée ?

Rien d'improbable.

Elle est soulagée de dormir seule. Heureusement que la vie offre encore ces petits instants de répit suspendus entre deux désespoirs.

Claude pestait, la tête sous l'oreiller, contre cette emmerdeuse, une comme les autres, fourrée de questions, ouvrant les cuisses à qui voulait. Il avait été saisi de terreur, comme certains soirs avant le grand sommeil, à l'entrée du tunnel au noir pesant prêt à vous faire disparaître dans son épaisseur de glu. Face à un peloton, ce devait être plus supportable. Quelque chose de froid et de rapide, pas cette matière moite et chaude, asphyxiante.

Il y avait eu un moment de grâce, mais c'était de l'air, du rêve. Elle avait réussi à le faire parler, mais il n'avait raconté que ce qu'il voulait bien, de la poudre aux yeux.

Elle ne le délivrerait pas.

Il eut envie de sa mère qui savait surtout pleurer, mais qui, une ou deux fois, l'avait protégé de tout, en entourant son corps recroquevillé de ses bras maigres.

Le souvenir de sa mère était lié à la pénombre car on économisait sur tout chez lui, sur la lumière aussi. Le soleil même était chichement admis dans le petit appartement.

Restait la silhouette voûtée sur la machine, ne bénéficiant que du léger halo de la lampe au-dessus de l'aiguille qui piquait, piquait avec ce ronronnement lassant, berçant aussi le petit garçon penché sur son cahier dans la cuisine. On économisait jusqu'aux mots, ne prononçant que les indispensables.

Elle avait pourtant dû jouir, aimer, rire avant, avant Claude.

Le petit lit se dépliait du mur. Sa mère tirait un rideau et il s'endormait sur le cliquetis régulier de la machine. Elle avait peur aussi et il savait qu'elle lui avait légué cette peur qui se tapissait dans un coin de son cœur, qu'il avait réussi à soumettre mais dont il se méfiait toujours.

Un homme était venu une nuit quand il était supposé dormir. Ils avaient chuchoté, elle si humble, qui répétait : « Oui, oui, non. » Il parlait avec autorité et le lendemain le petit Claude avait aperçu la liasse de billets dans le sac de sa mère.

L'enfant savait que même dans la mort, son père veillait sur eux. Ç'avait été sa première supériorité sur le monde.

— En fait, pensa Claude, cette fille m'a été envoyée comme une épreuve, pour tester si je saurai résister et poursuivre mon œuvre.

Il s'enveloppa dans un drap comme dans une toge, ne put s'empêcher d'en vérifier l'effet dans un miroir et s'assit à sa table devant son grand cahier :

La deuxième opération ponctuelle a eu lieu non sans mal. J'avais trop présumé de la faiblesse de la victime qui s'est débattue, m'obligeant à une bruyante bagarre. J'espère ne pas être contraint à une troisième opération ponctelle, une jeune bourgeoise en rupture de ban s'étant accrochée à mes basques et me poursuivant de son zèle imbécile... Je plaisante.

A l'heure qu'il est, l'infâme doit se croire bien en sécurité dans sa petite chambre sous les toits. Selon ma première prévision il devait se rendre chez son ex, mais si la prévision bis a lieu, tout va bien quand même, la victime ayant eu la grâce de me fournir, en plus de mes preuves préparées, un indice redoutable contre l'autre.

La vraie traque va commencer pour peu que le gibier montre quelque résistance et je pense chaque jour à l'image du colonel restaurée à sa place — en haut du monument aux morts — pour y être admirée de tous, tandis que le traître ira croupir dans quelque geôle s'il ne se rend justice lui-même.

« Le journaliste Martin Gordes est vu sortant de l'appartement de sa maîtresse assassinée.

« Martin Gordes, éminent journaliste, toujours en fuite. Les hypothèses de travail du commissaire Mangin.

« On est toujours sans nouvelles de notre confrère Martin Gordes... »

La même photo était reproduite dans toute la presse. A son bureau, les lunettes dans une main, penché en avant, un léger sourire aux lèvres, une expression ironique qui n'était pas sans charme, mais devenait inquiétante quand l'homme qui l'arborait était décrit comme un assassin, un lâche et une menace publique.

Pour Martin, la publicité donnée à l'affaire augmentait les difficultés.

Son hôtesse ne lisait pas la presse, n'avait pas la télévision, mais il suffirait d'un hasard malheureux... d'un voisin.

Il avait changé d'apparence, presque malgré lui, à part la moustache qu'il avait laissé pousser.

De toute façon, il lui fallait des papiers, en cas de vérification d'identité.

Il était dans la petite chambre du deuxième étage comme dans une bonbonnière. Deux fenêtres lui permettaient d'observer les alentours de la maison qui s'adossait à un immeuble.

Il se sentait immense dans ce petit cocon de chambre. La veille, en glissant sa grande carcasse dans le lit de campagne qui grinçait à chaque mouvement, la mort de Françoise avait fait naître chez lui un sentiment de pitié immense pour cette femme qu'il aurait quittée, qui aurait poursuivi son chemin, qui serait devenue un souvenir mais qui, désormais, allait l'accompagner, réduite à n'être plus que cette femme morte à cause de lui, définie seulement par son rapport avec lui.

Il en avait été curieusement apaisé, en même temps qu'écœuré.

Au réveil, ses draps froissés, humides, remontés jusqu'à découvrir le matelas, trahissaient pourtant l'agitation de sa nuit.

Maintenant c'était le matin et il avait repoussé le napperon de dentelle de la table ronde cirée pour rédiger sur un bloc le texte d'une petite annonce.

Il avait repéré, dans un *no man's land* dont il pouvait contrôler seul les abords, une cabine téléphonique avec un numéro d'appel qu'il pourrait joindre au texte.

Il avait d'abord craint que son adversaire ne le suive à la trace, mais depuis qu'il était à Argenteuil, l'autre l'avait laissé en paix, signe qu'il avait bien jusque-là anticipé ses mouvements. Pour établir un contact, Martin devait donc remonter jusqu'à leur dernier croisement : le cabinet de Bourlin.

En attendant d'appeler Bertrand chez lui cette nuit, Martin décida de devenir comme un poisson dans l'eau, éternelle formule *ad hoc* de ses années de formation.

Il alla à Barbès acheter des pantalons en tissu léger qui se froissait à chaque pas, un col roulé en jersey fin un peu brillant et un blouson en mauvaise imitation blue-jeans.

Dans les toilettes de la gare du Nord, il se rasa la tête maladroitement, avant de dégotter avenue de Clichy des mocassins d'occasion blancs.

Puis il marcha jusqu'à une petite boutique qui indiquait seulement sur son enseigne : SURVEILLANCE SÉCURITÉ.

Un petit homme carré d'apparence débonnaire était assis à la table métallique. Martin s'assit en face de lui.

— Monsieur... ?

— Bonjour Max.

Max plissa un peu les yeux, déshabilla Martin du regard puis, souriant largement, s'exclama :

— Mon lieutenant !

Une longue poignée de mains vint sceller cette reconnaissance.

Max fit le point sobrement :

— Vous êtes dans la mouise.

— C'est pour ça que je suis venu te voir, Max. Il me faut des papiers.

— Je ne suis plus dans le circuit.

— Mais tu as gardé des relations. Et n'oublie pas que tu m'en dois une. T'inquiète pas. Il n'y a aucun risque qu'on remonte jusqu'à toi.

— Faudra compter dans les cinq mille.

— Pas de problème.

— Vous avez où loger ?

— Oui, oui.

Je dois simplifier un peu, mais d'après ce que je sais, les choses se passèrent comme ça.

Max aurait sûrement eu une bonne combine de logement, mais Martin préférait que personne ne sache où le trouver.

— C'est dommage, ça marchait bien pour vous, conclut Max en raccompagnant Martin.

« Ça marchait bien pour moi ? » se demanda Martin en s'éloignant.

Ce même jour ou presque, je faisais mes premiers pronostics sur l'heure à laquelle Martin essaierait de me contacter. Ce fut ma seule erreur de calcul. Je pensais qu'il me contacterait plus vite.

Noblement, Martin se disait qu'il ne voulait plus mouiller ses amis. Dans son for intérieur, il savait bien que tous autant qu'ils étaient ne voudraient pas le toucher avec des pincettes.

La poisse, on a beau savoir que ce n'est pas contagieux, ça fait peur quand même.

Anne se réveille très tôt, d'humeur exquise. Il pleut. Elle annonce son départ impromptu au patron et à la patronne, prend un taxi juqu'à la superbe salle de billard où elle se commande un grand crème bien mousseux, suivi d'un express serré arrosé d'un petit calva, le tout couronné d'une omelette bien baveuse.

A midi elle appelle sa mère et lui annonce qu'elle a trouvé un boulot stable. Elle a envie que tout le monde aille bien.

Elle descend dans le métro pour se promener parmi ses semblables, qu'elle aime en cet après-midi de grisaille. Dans un couloir, elle ramasse un sac probablement jeté par un voleur à la tire qui y a laissé un carnet de chèques et un passeport au nom de Christine Royan.

C'est un jour comme ça.

Sans perdre une seconde, elle part dans les grands magasins et s'achète une valise, une garde-robe complète, des produits de beauté, des carnets à dessin, un chapeau. Une fois rassasiée, elle jette le chéquier et le passeport dans une poubelle de la gare Saint-Lazare où elle dépose sa valise dans une consigne.

En quittant la gare, à la devanture d'un kiosque, elle découvre le visage de l'homme mystérieux.

La photo ne lui plaît pas du tout. Elle a plus capté en un seul regard que le photographe en une séance.

Elle achète toute la presse et s'installe dans une salle d'attente pour la lire.

Il s'appelle Martin Gordes, Martin. Elle fait rouler le nom dans sa bouche, essaie différentes prononciations. Doux, claquant, un peu réservé. Oui, le nom va.

Elle passe aux articles et apprend qu'il s'agit d'un journaliste « recherché comme témoin » pour deux affaires de meurtres, excusez du peu.

S'il a pris le large, c'est qu'il est innocent, se dit Anne, qui ne se laisserait arrêter que coupable, car montrer une confiance aussi naïve en la justice serait le seul moyen pour qu'on pût la présumer innocente.

Cet homme exemplaire, donc, au-dessus de tous soupçons, aurait été, au gré des titres, victime d'un chantage, souteneur, proche du milieu suite à sa participation aux événements d'Algérie, etc.

Tout ça n'est pas très intéressant.

Il a cinquante-cinq ans, le bel âge.

Les deux victimes, deux femmes, ont été étranglées, la deuxième résistant plus que la première. Mais moins que la troisième, se dit Anne.

Il aurait eu des relations intimes avec les deux... Mazette ! Elle ne s'est pas choisi n'importe qui. Elle n'est pas mécontente.

Elle s'arrête un instant sur le nom : Françoise Beaujour. La lettre mêlée à ses affaires, trouvée ce matin en s'habillant, était adressée à la morte.

Elle ne s'étonne de rien, la vie est comme ça.

Elle va retrouver le journaliste, l'aider, le sauver, ou l'enfoncer. Ce sera un intermède romanesque, contre toutes ses convictions, mais les convictions doivent être battues en brèche par tous les moyens.

Deux pistes s'ouvrent à elle. Elle en garde une au chaud et décide de tenter l'autre immédiatement. Elle va directement au 40, rue Ballu. C'est un petit immeuble, six occupants à peine.

Elle prépare sa carte d'enquêtrice et, sa pile de journaux ostensiblement sous le bras, va sonner à la première porte.

— Bonjour madame, c'est une enquête sur les faits divers et la presse. J'aimerais vous poser quelques questions.

La vieille dame très en forme est terrifiante d'énergie, venimeuse indéniablement. L'entretien a lieu sur le palier. La dame ne s'inquiète que de l'arrestation du jeune Antillais assassin de dames âgées, qui remonte pourtant à quelques mois. Elle considère logiquement que la police n'est plus sur le qui-vive et qu'elle est en danger.

A part cela elle lit *Point de vue Images du monde* et, avec la meilleure volonté possible, Anne ne peut imaginer Martin venant chercher refuge ici.

Ni chez l'étudiant qui la reçoit ensuite et s'écoute avec ravissement répondre aux plates questions d'Anne.

Au cabinet médical, elle demande à être reçue d'urgence. Elle est très angoissée par des douleurs au sein gauche. Elle est l'emmerdeuse parfaite qu'on fait passer avant tout le monde pour mieux s'en débarrasser.

Très naturellement, pendant que le docteur Bourlin lui palpe la poitrine, elle fait la conversation, en angoissée chronique :

— Vous avez vu ce journaliste qui étrangle les femmes ?

— Détendez-vous, respirez. Non, je n'ai pas le temps de lire le journal. Vous avez effectivement une boule au sein droit.

— Mais c'est à gauche que j'ai mal.

— Je vais vous indiquer une crème que vous n'aurez qu'à vous mettre tous les jours et qui fera fondre ce petit amas graisseux.

Il lui prépare une ordonnance. Elle se baisse pour ramasser son sac et aperçoit, dépassant de la serviette du docteur, une liasse de journaux qui ont tous été dépliés.

Elle n'a pas perdu son temps. Non seulement le docteur a menti, mais en plus il prétend qu'elle n'a pas de cancer, alors qu'elle a toujours su que cette belle maladie d'autodévoration et elle-même sont faites pour se rencontrer et finir leur vie ensemble.

Elle termine son tour de l'immeuble par acquit de conscience. Et parce que sa nature la porte à gaspiller ce qu'elle a de plus précieux, son temps, elle décide de se mettre en faction à proximité de l'immeuble qu'elle vient d'explorer.

Claude s'était également levé, mais pas assez tôt. Il s'apprêtait à filer rapidement devant la chambre d'Anne quand il vit par la porte entrouverte que la goitreuse était en train de changer les draps.

— Bonjour madame. Vous changez les draps tous les jours maintenant ?

— La cliente est partie. Vous parlez qu'elle devait rester plusieurs semaines… Total…

— Elle est partie quand ?

— Très tôt ce matin... Enfin, bon, elle est partie. Et c'est deux draps de mieux. Vous sortez ?

— Oui. Bonne journée.

Elle avait compris que c'était une situation sans issue. Tant mieux. Bon débarras. Un souci en moins.

Il pensa à l'épreuve importante qui l'attendait maintenant, mais il fallait bien que le chasseur prenne aussi des risques pour que la traque soit amusante. Quel triomphe si le Scotch n'y était plus. Il n'y serait plus.

Pourquoi était-elle partie ? Cela ne collait pas avec son attitude de la veille. C'était couru d'avance, elle boudait pour marquer le coup avant de revenir en courant. Toutes pareilles.

Il n'en savait rien, n'ayant pas connu un échantillonnage suffisant pour de telles assertions, mais la particularité de Claude était qu'il se mentait aussi à lui-même, surtout à lui-même, sous peine d'en crever.

Il se dit d'un air exaspéré qu'il n'avait aucune envie de déménager. Mais si elle s'accrochait trop, il serait bien obligé.

Elle était partie aux aurores. Il fallait qu'elle ait décidément peur de le rencontrer. Évidemment, si elle s'était attendue à une épopée érotique... C'était bien le genre. Les femmes ne pensaient qu'au sexe. Elles ne comprenaient pas qu'un homme doive se sentir en confiance, être en état de dire ses envies, de se laisser aller.

D'ailleurs, avec Suzanne, il n'y avait jamais eu de problème. Boulot, boulot.

Il se rendit compte qu'il courait presque. Allons, il pouvait ralentir. Inutile de s'essouffler. Rue de Milan, numéro six. Une de ses belles déductions. Il avait bien mérité de réussir. Elle avait un joli corps sans hanches, des petits seins. Dommage qu'elle soit une emmerdeuse.

Il monta l'escalier de service métallique en plein air.

Sur le palier il tendit l'oreille, avant de passer le coude du petit couloir envahi de l'odeur pisseuse des toilettes communes.

Sur la pointe des pieds il alla jusqu'au bout du couloir à droite.

Le Scotch était toujours à sa place au bas de la porte, là où le moindre déplacement l'aurait décollé.

Il appuya l'oreille près de la poignée.

Martin allait-il se révéler imprévisible ?

Contre toute logique, il décida d'entrer.

Il sortit le fil de fer de sa poche. L'escalier métallique se mit à résonner sous des pas lourds.

Claude disparut promptement dans les cabinets à la turque.

Il entendit les pas se rapprocher, puis quelqu'un frapper à une porte, puis un chuchotement :

— Martin, c'est moi, Bourlin.

Claude se serait volontiers lancé dans une danse de joie, mais l'espace était réduit.

Un bruit de papier froissé, puis les pas s'éloignèrent.

S'il n'était venu, il allait venir.

Claude supplia intérieurement :

« Martin, tu as peut-être des solutions de rechange, mais crois-moi, celle-ci est la meilleure. Tu seras en sécurité. Bourlin ne te trahira jamais. »

Il était parfaitement sincère.

Il se déboutonna pour pisser.

L'homme est sans mystère. Une mécanique dont les rouages subissent les lois générales, plus une ou deux petites altérations pour se croire original et unique. Claude avait assez et injustement souffert pour ne plus se faire aucune illusion. Martin devait venir rue de Milan, c'était aussi inévitable que le lever du soleil. Il ne pouvait plus se montrer publiquement de jour, sa photo était trop répandue. Il choisirait de rester isolé par sécurité.

Et s'il s'était déguisé, encore mieux, il y aurait de quoi rigoler. Allons, la chasse était plus excitante d'être déroutante. Il était bon que le gibier soit à la hauteur du chasseur.

La porte s'ouvrit facilement et Claude put vérifier que personne n'était encore entré. Il ramassa le petit billet de Bourlin qui espérait que Martin viendrait ici comme prévu, qu'il aurait eu le temps de réfléchir, comme Bourlin l'avait fait de son côté, que Françoise ne serait sans doute pas morte si Martin s'était livré à la police...

Claude se mit à hoqueter de rire.

Il avait raison, le toubib, mais il était à côté de la plaque.

Il claqua la langue comme pour appeler un chat, ferma la porte, replaça le petit bout de Scotch et descendit dans la cour. Une silhouette disparut précipitamment dans l'escalier sous le porche et Anne vit Claude passer puis franchir la porte cochère. Il s'en était fallu de peu.

Elle a suivi Bourlin jusqu'ici et décroché la timbale. Elle n'essaie pas de comprendre la situation. Elle veut se couler dedans. Il suffit de laisser Claude mijoter encore un peu et d'espérer que monsieur Gordes sera à la hauteur. En attendant, elle va aller voir *Écrit sur du vent* qui passe sur les boulevards, en français mais ça n'a pas d'importance. Au cinéma, seules les images l'intéressent.

Rue de Milan, elle croise sans y prêter attention un de ces pauvres qui a renoncé à donner le change, comme on en voit de plus en plus. Ne le remarquant pas, elle ne se retourne pas non plus, ce qui lui aurait permis de voir que l'homme pénétrait à son tour au 6 de la même rue.

J'aime à imaginer que ce fut à chaque fois un ballet bien réglé, même si dans la réalité, Martin a pu arriver quelques heures après, mais qu'importe.

Il arriva sur les lieux quand les deux autres avaient débarrassé le plancher. Autrement ç'aurait été une autre histoire, avec des conséquences moins intéressantes pour moi, et personne pour la raconter.

CHAPITRE SEPT

Martin ne s'attarda pas dans la chambre de bonne. Il examina les divers accès et donc issues, repéra tout de suite le bout de Scotch laissé par Claude et l'arracha soigneusement, empocha, agacé, le mot de Bourlin, sortit quelques affaires de son sac et glissa ses papiers derrière un morceau de tissu mural décollé. Il téléphona d'une cabine à mademoiselle Lisieux pour la remercier et la prévenir qu'il ne reviendrait pas. Elle semblait plus essoufflée que d'habitude, réclamant âprement sa clé. Il lui expliqua où il l'avait laissée et resta perplexe devant l'agitation de la brave dame, habituellement si placide. Il calcula qu'il disposait de trois bonnes heures et décida de commencer son entraînement à Saint-Germain, où la forêt serait déserte.

Dans le train, il s'assoupit à moitié, l'œil sur la veste rouge d'une jeune femme dans son axe de vision.

Martin, si peu porté à l'introspection et au souvenir, pendant toute cette période ne cessa d'évoquer des fantômes d'autrefois. Il se fortifiait en acceptant de se fragiliser.

Donc l'image se brouilla et il revit une autre femme en rouge qui avait attiré son attention dans une réception à Bruxelles. Il la voyait de dos et son maintien, la vivacité des mouvements de tête, l'élégance de la silhouette voluptueuse, l'avaient captivé. Elle s'était retournée et il l'avait reconnue en la découvrant. C'était la femme d'un haut fonctionnaire de la Communauté européenne et, alors qu'il n'avait jamais prêté attention à elle, il la désira impérieusement, comme il sait en avoir le caprice.

Ce fut un combat délicieux. Elle résista longtemps et joliment. Martin s'ingéniait à justifier ses déplacements bruxellois. Il dépendait encore d'un chef de rubrique.

Elle avait fini par se donner à lui, ce qui n'était pas un vain mot. Le déferlement d'une marée haute qui frise la tempête. La difficulté de se voir, le temps au compte-gouttes, la discrétion obligée, il s'était pris au jeu, il avait commencé à y croire. Jusqu'au jour où elle lui avait annoncé que rien ne les séparait plus, car elle venait de quitter son mari.

Il réagit au quart de tour.

De quel droit forçait-elle sa responsabilité par une décision à la fois légère et lourde de conséquences ? Il ne lui avait pas promis de changer de vie et il en avait moins que jamais l'intention. Pris de panique, il n'avait pas eu à forcer sa violence. Elle n'avait rien dit, ne s'était pas défendue. Elle l'avait écouté dans la petite chambre d'hôtel dont elle fixait l'affreuse nature morte en paille tressée comme pour s'en imprégner. Elle n'avait ni parlé ni pleuré, ne s'était ni plainte ni justifiée.

Il l'avait vue vaciller sur ses jambes, il avait cru qu'elle allait tomber là comme un long caillou trop lisse pour s'accrocher à la moindre aspérité.

Mais non, elle s'était discrètement raffermie en prenant appui sur une chaise, l'avait laissé terminer ses invectives avant de ramasser son sac, son manteau et de quitter la chambre et sa vie pour toujours.

Il rouvrit les yeux, saisi par ce même mélange de soulagement et de honte. Il vit à nouveau le petit fil métallique entre ses doigts d'enfant. Le fil avait maintenu fermé un sachet en plastique transparent contenant un poisson rouge très convoité. Une légère sensation de nausée. Ça y était. Retour de vacances, et dans le bocal sur l'étagère, une petite forme rouge comme momifiée, le poisson s'était desséché, faute d'eau.

Curieux de s'en souvenir maintenant.

Plus tard, il avait appris qu'Hélène avait divorcé.

C'était une femme séduisante, vitale, elle n'avait pas dû rester longtemps seule.

Pourrait-elle avoir décidé de se venger après tout ce temps ?

Lui faire dire : vous m'avez fait mourir l'année de ma naissance ?

Et si elle avait eu un enfant, son enfant et qu'il se révolte aujourd'hui ?

Puis il soupira : l'enfant aurait dix ans. C'était absurde.

Martin ne s'est jamais pensé plus salaud qu'un autre au cours de sa vie.

Il y avait eu l'Algérie, mais en Algérie, tout le monde était dans le même bateau où n'avaient plus cours les lois de la vie ordinaire.

Ceux qui rentraient le constataient implicitement, qui refusaient qu'aucune passerelle ne soit jetée entre la vraie vie, celle qu'on espère normale et celle de là-bas, insensée. A moins que ce ne soit l'inverse.

Claude était plongé dans ses fiches. Il les connaissait par cœur en réalité, mais c'était un baume pour son esprit chagrin de retrouver méthode et organisation.

Martin était en carton blanc. Son entourage amical en rose, amoureux, rouge, professionnel bleu, familial jaune, anecdotique vert.

Des chiffres renvoyaient au tableau chronologique dressé à part.

Cette vie qu'on aurait pu considérer comme bien remplie tenait dans un coffre métallique à dossiers de taille moyenne. Elle avait coûté à Claude des années de travail.

La suite du plan était clair. Continuer de faire le vide autour de l'autre.

On était jeudi. En toute logique, ce serait le tour de Rose Lemartre.

Et dire qu'il avait été au bord de tout révéler à Anne, qui l'avait si peu mérité, qui l'aurait sans doute trahi !

Comment avait-il pu la croire différente, exceptionnelle ?

Il s'était interdit le journal parce qu'un peu mortifié de cette première ratée dans ses prévisions, mais s'il transformait l'apparente défaite en triomphe ? Sur papier, c'était possible.

Il écrivit en tête de chapitre : *De l'alternative.*

A part mon père qui n'a pas eu, lui, d'alternative, on peut dire qu'à chaque situation, voire solution donnée, il existe son alternative, première, deuxième, troisième, etc. théoriquement à l'infini, sauf que l'homme étant une créature finie et de plus en plus avec l'âge, ces alternatives se raréfient avec le temps.

Mon père avait quarante-deux ans. C'est jeune pour être privé d'alternative.

Certes, il avait choisi la voie guerrière, la radicale, la grande, l'indochinoise, puis l'algérienne, de plus en plus sale.

Il a fêté ma naissance en cassant du fell. Il avait toujours rêvé d'un fils.

A la légion j'ai voulu poursuivre son rêve, mais tuer dans l'absolu ne m'intéresse pas, je voulais tuer à des fins personnelles. Je ne suis pas un fou maniaque. Et je le prouverai quand tout sera fini, quand le secret aura été révélé.

Il avait mal à la tête. Sa plume déviait aujourd'hui. Il ne faisait plus œuvre, il bégayait. Il rougit en songeant à Anne.

Ma foi, il en était peut-être vraiment débarrassé.

On frappa à la porte à cet instant précis. Le cœur bondissant, il dit : « Ouououi. »

La tête de la goitreuse s'encadra dans la porte :

— J'ai fait du café en bas, si cela vous dit.

Il détestait ces ambiances familiales.

— Vous êtes trop gentille, je descends.

Un jour il la tuerait peut-être. En attendant, elle avait sûrement de l'aspirine.

Il prit le temps de tout ranger et descendit rejoindre la patronne. Pourquoi ne pas se résoudre à la bonté ?

— Vous vous rappelez la dame du douze ?

Claude resta de marbre et s'admira subrepticement.

— C'est elle qui a été assassinée par ce journaliste. Vous imaginez ?

— Je ne suis absolument pas au courant.

— C'est vrai que vous, sorti de *l'Equipe* et des courses... On a publié la photo de la dame parce qu'elle avait été assassinée. Et je suis sûre que c'est elle. Ils savent pas qui c'est.

— Vous avez prévenu la police ?

— Sûrement pas. D'abord elle avait jamais rempli sa fiche, on l'avait vue avec personne et maintenant, elle est morte. Alors, à quoi ça avancerait ? Mais vous parlez d'une émotion. De penser qu'elle aurait pu se faire assassiner ici !

Claude félicita la patronne de sa prudence et lui dit qu'elle n'avait pas à se sentir responsable de sa clientèle.

A ce propos, il lui demanda poliment comment allaient les affaires. Elle se plaignit en bonne commerçante, évoqua son mari avec force points de suspension, précisant que c'était un Méridional, qu'il se montrait facilement trop familier avec les clientes, que ça pouvait prêter à confusion.

Claude sentit le sang lui monter dans les oreilles. L'imbécile avait fait fuir Anne. Ce connard avait eu un geste déplacé et elle, effarouchée, n'osant se confier, s'était envolée.

Il ne s'était donc pas trompé. C'était une jeune fille timide. Il avait débridé sa nature passionnée, sans en assumer les retombées. Jamais il ne la retrouverait et l'idiote en face de lui, avec son regard de brebis tarée... Si elle se laissait troncher de temps en temps, on n'en serait pas là.

La patronne regarda machinalement la pendule murale et alluma le transistor derrière le comptoir. C'était l'heure sacrée des infos.

« Rebondissement dans l'affaire Martin Gordes. Il aurait passé les deux derniers jours à Argenteuil chez... »

— C'est lui, glapit la patronne, couvrant la voix du journaliste. C'est lui dont je vous parlais, la dame du douze...

Il était trop tard, on venait de passer au sport. Au bord de la crise de nerfs, il s'efforça au calme et s'extirpa un petit rire amusé :

— C'est bien les femmes ! Vous mettez les nouvelles et vous empêchez de les entendre.

— Mais vous avez vu quand même, c'était bien lui, c'est bien la preuve, ajouta-t-elle aussi excitée que si on avait parlé de son établissement dans le poste.

— Oui, bien sûr. Vous n'auriez pas une aspirine ?

En tout cas, se dit-il en remontant dans sa chambre, cela le ferait peut-être venir rue de Milan. Mais Argenteuil, pourquoi Argenteuil ?

Les recherches de Claude s'étaient arrêtées une génération trop tôt.

Anne sort furieuse de son film. Le cinéma ne fonctionne plus pour elle. Elle n'a plus aucun moyen d'évasion. Seul continue de la troubler le noir partagé avec des étrangers, cet abandon confiant à s'enfermer sans crainte dans un lieu sombre avec des inconnus. Un jour, elle s'est laissé peloter par un homme venu s'asseoir à côté d'elle. Il n'était pas très doué, mais il n'avait ni voix ni visage, juste une main un peu calleuse qui s'était glissée sous sa jupe, s'était promenée entre ses cuisses entrouvertes, la faisant jouir rapidement, presque plus par imagination que par habileté, son souffle court à l'unisson du halètement de l'homme, audibles seulement par eux dont le plaisir venait aussi de la dissimulation obligée.

Il lui avait curieusement pincé le sein qu'elle avait raidi, avant de ressortir.

Son intimité était donc accessible à tous, secrètement et publiquement, restreinte et sans borne. L'abîme de contradictions ouvert tout à coup l'avait ravie.

Mais cela n'est arrivé qu'une fois et aujourd'hui elle se sent lésée de ses trente-cinq francs.

Pour compenser, elle décide de traverser la Seine à pied et de marcher jusqu'au « Village ». Interdiction de se laisser détourner du but par des rencontres même à blanc. Il est si rare qu'elle ait un but. Elle s'autorise une pause sur le pont Alexandre III car le ciel à l'est flambe sans pudeur avec une violence de tons qui ne peut être due qu'à la pollution, laquelle trouve, l'espace d'une image splendide, sa pleine justification.

Elle salue au passage les nantis de la rue de Verneuil par une imprécation qui ne donne pas cher de leur peau et s'accorde une petite flânerie à « La Hune ».

Au hasard d'un livre de poésies, elle lit sans s'étonner :

La mort sans pleurs, notre active fille et servante, un Amour désespéré et un joli crime piaulant dans la boue de la rue.

Et elle se dit qu'elle a un meurtre, un coupable et un innocent, un amour mort à naître et salue Arthur. Au « Village », André la traite en cliente anonyme alors même qu'il l'a reconnue, elle en est certaine. Elle hésite longtemps avant de commander un gin fizz. Elle est la première et, pour l'instant, l'unique cliente. Il faut en profiter.

Le cerbère est déterminé à ne pas lui faciliter la tâche. Comme tous les grands silencieux, il doit en falloir peu pour libérer le flot contenu de tant de mots restés lettre morte.

— Je peux vous parler un moment, s'il vous plaît ?

— Mademoiselle...

— J'étais là le soir où Martin Gordes est venu vous parler.

— J'en ai déjà informé la police, mademoiselle.

— Ce n'est pas ...

C'est qu'il l'intimide. Mépris serait trop fort, mais il exsude quelque chose de ferme, d'intransigeant, un homme à qui on ne la fait pas, que personne ne prendra en faute, parce qu'il a déjà tout commis, ou vu commettre. Anne n'a jamais eu l'intention de le menacer, mais elle n'a pas non plus l'intention de s'excuser ni de s'expliquer.

« Si ton opposant est plus fort que toi, empare-toi de sa méthode. »

— Si jamais vous le revoyez...

Il a un geste de dénégation qu'elle recouvre de paroles.

— S'il vous contacte et que vous le jugez bon, dites-lui que je peux l'aider et que je repasserai de temps en temps.

— Bien, mademoiselle.

Il ne lui pose aucune question, l'enfoiré, le patron de bar loyal et discret. Elle est sûre qu'il n'a rien dit à la police, elle n'a pas à se plaindre de lui, elle craint seulement qu'il ne la prenne pour une idiote.

Le vide la frôle.

Elle ne peut pas retourner à l'hôtel ; tactiquement, c'est trop tôt. Claude doit d'abord tenter de la retrouver. Alors, elle fera de lui ce qu'elle voudra.

Un homme pour la nuit ?

Il y a bien un grand type myope prématurément grisonnant à la bouche ourlée, un détail qui la séduit à tous coups. Mais pour autant qu'elle sache, ce n'est pas un meurtrier présumé et la lueur d'intérêt à peine éclose vacille et s'éteint.

Deviendrait-elle difficile ?

Elle commande un deuxième gin fizz, lève la main et un type qu'elle n'a pas encore remarqué répond à son geste qui s'adressait à André.

Il est grand, presque maigre. Son menton en déroute indique un potentiel de veulerie pas encore exploité à plein. La désinvolture dont il fait preuve en l'abordant, la vulgarité de son ton, lui donnent à penser qu'il la prend pour une fille. Ce type a un compas dans l'œil. Mais il travaille dans la police, alors elle lui propose de s'asseoir.

Hélas, l'homme n'est vraiment pas brillant, à peine au courant de l'affaire Gordes. Ce n'est même pas un flic actif, c'est un fonctionnaire qui travaille au service des recherches dans l'intérêt des familles. Appâtée, Anne pose des questions, mais il ne peut fournir la moindre anecdote amusante. Il a affaire toute la journée à des cas particuliers qui deviennent banals dans sa bouche.

Elle se dit que personne ne peut être aussi creux que ce garçon semble l'être. L'équilibre vital exige une compensation aux grands manques de la nature.

Et puis, raisonne-t-elle, il faut laisser à chacun une deuxième chance.

Elle l'accompagne donc chez lui. Une chose est rapidement certaine : la compensation n'est pas sexuelle. L'étreinte est triste et laborieuse.

« Merci l'amour », songe Anne tandis qu'il gigote au-dessus d'elle.

L'affaire terminée, elle décide de renoncer à prouver sa théorie et se fait payer, plus exactement doit lui extraire trois malheureux billets comme autant de dents en or arrachées sans anesthésie. Espérant reculer le moment fatal du règlement, il lui propose de rester dormir et elle annonce une somme vertigineuse pour toute la nuit.

Il sort enfin de sa torpeur, se contorsionne comme un ver pour atteindre la poche de son pantalon sans que le drap ne lui descende en dessous de la ceinture. La voyant se rhabiller, il dit d'un air inquiet :

— Vous ne vous lavez pas ?

Tandis qu'elle s'étonne de la formidable simplicité avec laquelle l'acte le plus gratuit, le plus commun, le plus à la portée de tous, peut se transformer en commerce.

Les femmes sont très fortes, se dit-elle.

Sauf moi, ajoute-t-elle tristement, car elle vient de décider d'aller dormir chez ses parents. Elle doit faire des économies.

Le jour commençait à tomber quand Martin s'engagea dans la rue aux marronniers. Le calme qui y régnait avait quelque chose de morbide.

Martin passa une voiture dans laquelle un couple s'embrassait. Il crut sentir sur sa nuque un double regard appuyé. Il vit du coin de l'œil une camionnette aux rideaux tirés, croisa un type qui promenait son chien et reconnut instantanément l'homme du bain municipal.

Sans ralentir, sans un regard, il passa devant la maison de mademoiselle Lisieux, prit la première rue qui s'offrait à lui, tourna d'un côté, puis d'un autre et s'arrêta aussi épuisé que s'il avait parcouru dix fois la distance réelle.

Avait-il retrouvé ce sens que lui enviaient ses camarades, qui lui avait plusieurs fois sauvé la vie, ou la peur brouillait-elle la réalité ?

Non, l'agitation de mademoiselle Lisieux au téléphone s'expliquait. Elle l'avait vu à visage découvert et il suffisait qu'elle soit tombée sur sa photo dans le journal, au hasard d'une course. Il ne pouvait pas lui en vouloir.

Ou alors l'inconnu l'avait une fois encore débusqué, mais là, ce serait vraiment effrayant.

Il fallait commencer la désinformation.

Il retrouva la cabine téléphonique après s'être perdu. Il appela Bertrand.

— J'ai décidé de vous aider, annonça Bertrand d'emblée. Pouvons-nous nous rencontrer ?

— Non, pas encore.

— Vous vous méfiez de moi, c'est normal.

— Qu'est-ce qui vous a fait changer d'avis ?

— Tout le monde est contre vous.

Martin écouta avec amusement, étonné de pouvoir encore s'amuser.

La théorie la plus répandue était que le brillant journaliste avait disjoncté. On ne croyait pas à l'existence d'un deuxième homme. On croyait à un dédoublement de personnalité. L'homme qui appelait et qu'on avait pu enregistrer avait des intonations de Martin.

Bertrand avait toujours pensé que Martin était paranoïaque. Maintenant qu'il avait enfin de bonnes raisons de l'être, Bertrand était prêt à passer dans son camp, écœuré de voir tout le monde se laver les mains de leur ancien collègue, y compris ses meilleurs amis, comme on préfère éviter le copain gaffeur qui accumule les bourdes dans une soirée entre gens bien.

— Je n'aime pas les gens bien, conclut Bertrand. Et en admettant qu'on puisse devenir fou du jour au lendemain, on ne devient pas idiot pour autant. Le meurtre de votre amie serait une idiotie et vous n'auriez pas laissé vos empreintes partout.

Sauf si j'ai le désir inconscient de me faire prendre, pensa Martin. Puis il eut un petit rire étouffé de se retrouver, après une vie à fuir les attachements, encombré d'une morte, par des liens autrement plus puissants que ceux du mariage.

— Est-ce qu'on en sait plus long sur la femme trouvée chez moi ?

— Une prostituée de Saint-Denis, Suzanne Lanteau. Elle avait disparu de son turf, il y a huit mois, date à laquelle commencent les lettres.

— C'est quoi ces lettres ?

— On a retrouvé un paquet de lettres chez vous, en plus de la fameuse cassette où étaient enregistrés des messages de votre répondeur, dont ceux de ladite Suzanne. Vous étiez à l'O.A.S., au fait ?

Martin marqua un temps qui, même court, suffit à le trahir.

— Non.

— Si vous ne me faites pas confiance, nous n'irons pas loin.

— Je croyais qu'elle me faisait chanter pour une histoire d'enfant. C'est ça, qu'elle aurait menacé de révéler ?

— Je vois que vous êtes parfaitement au courant. Réfléchissez et rappelez-moi.

— Non, vous, rappelez-moi. Demain. Je vous donne le numéro.

Martin Gordes, le journaliste des bonnes causes, le pourfendeur des salauds, ancien de l'O.A.S. ! Voilà qui en amuserait plus d'un. Et il ne pouvait pas parler, au risque d'être démenti. Il y avait de quoi mettre sa vie à sac, pas de quoi le transformer en meurtrier. Ça tombait sous le sens.

Ce ne pouvaient être que des allégations. Il n'y avait pas de preuve. Qui pouvait savoir ? Le seul témoin était mort. Et sans preuve...

Si ce n'est qu'il devenait gênant. Si l'envie le prenait de tout révéler ....

La sueur qui lui mouillait les tempes se refroidit jusqu'à lui geler le cœur. Du point de vue des autorités, la meilleure solution serait de le liquider. D'où la théorie de l'aliénation, bien sûr, une théorie bien fragile, improbable.

Ou bien ?

Il devenait urgent de faire sortir son ennemi du néant, de faire face à autre chose qu'à son ombre portée.

Ne pas se laisser entamer, mais plus que jamais regarder où il mettait les pieds. Bertrand était-il sincère ou jouait-il double jeu ?

Max devait avoir ses papiers. Il ne lui resterait plus beaucoup d'argent, mais il ne lui restait pas beaucoup de temps non plus.

Rose accepterait-elle de l'aider ?

On était jeudi, le seul jour où il pourrait la contacter avec un minimum de risques.

CHAPITRE HUIT

Claude serait bien allé rendre visite à mademoiselle Lisieux qu'il avait vue au journal du soir, une grosse dame émue, qui répétait quel homme comme il faut c'était, que sa grand-mère avait bien connu sa tante, comment aurait-elle pu se douter...

Qu'il n'était pas comme il faut ? Comment faut-il être ?

C'était formidable, la télé. On en savait autant que la police. Et tout le monde pouvait venir se raconter en direct.

Claude s'imaginait dans l'émission spéciale consacrée à l'affaire dont il était le modeste témoin essentiel grâce à qui on avait retrouvé le coupable, ce pauvre Martin, hélas plus en mesure de venir montrer sa belle gueule.

Qu'il goûte d'abord la solitude.

La connasse ne s'était plus manifestée. C'était logique puisque son destin était d'être abandonné.

Chapeau, Martin, le coup de la grand-mère et de la tante, si t'en as encore beaucoup comme ça, ça va se corser. Elle serait sous protection, autrement il lui aurait volontiers arrangé le portrait, à la vieille pouffiasse que j'emmerde, deux jours de perdus.

Vingt et une heures. Encore trop tôt. Il était de plus en plus agité. Il fallait bouger. Martin regardait-il la télévision ?

Si Claude pouvait faire croire à Martin qu'il l'avait suivi jusqu'à Argenteuil, dénoncé, s'il pouvait le persuader qu'il ne trouverait aucun refuge, aucun secours, tant que Claude s'y opposerait... A moins qu'ils ne deviennent amis... Ils accompliraient de grandes choses ensemble et Martin se reconnaîtrait en lui comme lui s'était révélé en Martin. Ils seraient les deux faces d'une même médaille. Puisque de toute façon le lien entre eux était inéluctable, comme entre deux amants que le destin sépare en vain, qui se retrouvent toujours.

Sans cette certitude, il ne se serait jamais lancé dans l'aventure.

Rue des Martyrs, il envoya sur les roses un travesti aux poignets de lutteur.

Il évitait en général de passer par là mais, engagé trop loin dans le boulevard, il était monté automatiquement sur la gauche. Ce n'est qu'en voyant le monstre sur son tabouret qu'il avait réalisé son erreur.

Une petite bombe et je te nettoierais tout ça.

La rue était animée, gueularde, vulgaire comme un orchestre dont les instruments ne joueraient pas la même partition.

Il repartit en vitesse vers la place Clichy, fit un petit bonjour à ses potes du bistro. Il faudrait qu'il y retourne, mais pas aujourd'hui. Il n'avait pas assez de contrôle, aujourd'hui.

A Pont-Cardinet, la vue des rails le calma.

Il sentit la douleur naître derrière ses paupières. Il n'avait rien sur lui, pas le moindre cachet, la dernière crise remontait à si longtemps.

Marcher en respirant calmement, se dit-il, tandis que tout son visage commençait à se crisper, à se ratatiner sous les milliers de piqûres brûlantes qui attaquaient sa peau. Le moindre klaxon résonnait sous son crâne comme dans une église de pierre vide, un rire de femme strident attaqua un nerf dentaire, ses jambes perdirent de leur fermeté et des éclats de couleur recouvraient régulièrement son champ de vision.

L'angoisse, terrifiante, commença de monter. Il voulut marcher plus vite pour y échapper, comme il voulait échapper au bruit monotone qui s'était déclenché et ronronnait à ses oreilles accompagné de la pénombre de fin de journée.

Sa mère était sur le palier avec le visiteur. La photo était posée sous la lumière de la machine à coudre, visage tuméfié, ce qui restait du corps était nu, les chairs meurtries, et de la bouche sortait comme un bout de tuyau froissé, quelque chose que le petit Claude dont la tête arrivait juste à la hauteur de la table ne voulait pas reconnaître, mais qui fit monter la bile dans sa gorge et quand sa mère rentra dans la pièce, il gisait au sol, livide, paupières baissées, ayant vomi son intestin en vrac, lui sembla-t-il.

Claude ouvrit les yeux. Trois visages en arc de cercle l'examinaient gravement, sans expression, en attente.

Sa nuque lui faisait mal, il avait les membres ankylosés. Il sentit du dur et du froid sous son dos. Regardant vers le haut, il aperçut un mur gigantesque à la verticale de lui.

Il était allongé sur le trottoir et le brouhaha faisait place à des paroles :

— Ah, il a ouvert les yeux.

— Ça va mieux ?

— On a appelé une ambulance.

— Vous voulez quelque chose ?

— Non, non, ça va.

Il voulut se lever mais un mouvement de tête suffit à ranimer les nausées.

Il essaya de se rappeler très vite ce qu'il avait dans les poches, quelque chose de compromettant... Non. On lui avait déboutonné le col, remonté les manches. Rose, Martin, il allait les rater. Quelle heure était-il ?

Les yeux arrondis d'inquiétude, Claude interrogea les passants compatissants. En marchant vite, il pourrait y arriver...

— Restez allongé.

— Qu'est-ce qu'il a, le malheureux ?

Car les visages se renouvelaient au-dessus de lui, les voix aussi.

Il en avait entendu une, mélodieuse, apaisante, au milieu des chuchotements cotonneux, et une belle grave ensuite qui semblait se prolonger en écho.

Dès que Claude tentait de se redresser, des bras le repoussaient vers le sol.

— Où habitez-vous ?

— Il faudrait peut-être le reconduire...

— La police va arriver.

Cette fois, il réussit à se hisser. Un café proche offrit une chaise sur laquelle il put s'affaler. Le monde avait repris sa géométrie habituelle.

Il avala le sucre qu'on lui poussait dans la bouche. Il lui sembla entendre le bruit d'une sirène approchant. La panique le propulsa debout.

— Merci, mais vraiment, ça va, ça va aller.

Il s'éloignait. Un crissement de pneus, la sirène très présente s'était arrêtée. Ça parlait dans son dos. Il continuait de marcher. Il n'aurait, de toute façon, pas pu courir. Faire comme si de rien n'était, comme s'il n'entendait rien, comme si tout cela ne le concernait pas. Des bruits de pas précipités, un pompier tout jeune, incertain :

— Monsieur ? Vous êtes sûr que ça va ? Vous ne voulez pas qu'on vous examine ?

— Non, non, j'ai l'habitude. J'avais oublié mes comprimés. C'est une forme d'épilepsie. J'ai ça depuis que je suis petit. Désolé. On vous a dérangé pour rien. Je n'habite pas loin, ça ira. Quelle heure est-il ?

— Onze heures et quart.

— Merci, bonsoir.

Il les avait ratés. Il essaya de réfléchir à un rétablissement possible mais tout était brouillé dans sa tête. Il les avait ratés. Il avait tout raté.

Bien sûr, il pourrait aller vérifier rue de Milan. Si Martin s'y était enfin installé, il pourrait faire semblant d'être de la chambre à côté, lier connaissance, le mettre en confiance et le réduire à la fuite dès qu'il le souhaiterait.

Mais Martin n'y serait pas. Martin était trop intelligent pour ça. Il éviterait tous les pièges.

Il s'accouda à un pont surmontant les rails. L'enchevêtrement des lignes qui formaient de véritables nœuds à certains croisements était pourtant garant d'ordre et de sécurité. Une décision du bloc d'aiguillage et le train filait à droite ou à gauche ou tout droit, croisait un autre train qui, à ce même carrefour, empruntait encore une autre direction. Puis la ligne droite disparaissait derrière la ligne d'horizon.

Claude aspira l'air avec un bruit de sanglot. Il posa son front sur ses mains jointes contre la balustrade du pont, puis avança la tête. Il suffirait de se laisser tomber d'un coup de reins quand la locomotive dépassait le dernier immeuble et crac, colonne, nuque brisées, broyées, plus de mémoire, que des bouts de chair sans douleur, sans signification.

Dans le silence de ce coin de quartier désert, il entendit, malgré le train approchant, des claquements de talons féminins venant de la petite rue oblique sur la gauche.

D'instinct il se rencogna derrière un pilier et jeta un regard méfiant vers la silhouette qui s'éloignait maintenant de lui.

Il reconnut les vêtements, le port de tête. C'était Anne, sans doute et fort à propos quand il avait besoin de soulager toute sa tuyauterie interne, d'évacuer ce qui le menaçait directement.

Tapi dans l'ombre, Martin avait attendu longtemps. Un petit groupe de trois personnes était sorti d'abord, puis il avait vu Rose apparaître en compagnie d'un vieux monsieur fort distingué et le couple s'était dirigé lentement vers le parking.

La voir lui fit du bien. Sa coupe souple de tenniswoman des années trente, ses mèches flirtant avec le fauve dont elle s'obstinait à prétendre qu'elles étaient naturelles, ses bonnes chaussures à lacets sur mesure, son tailleur de tweed en dessous du genou. Quelque chose de la golfeuse, quelque chose de la *lady* anglaise et l'aplomb le plus insolent jamais rencontré. Elégante aussi, si je peux me permettre, sans âge, c'est-à-dire plus jeune que son âge réel qui approchait la cinquantaine.

Martin était persuadé qu'elle avait vécu plusieurs vies, car elle détenait une sagesse enviable apte à connaître le bien et le mal comme des données objectives, jamais sentimentales. Elle savait être compatissante et n'avait aucun goût pour les malheureux.

S'abritant derrière les platanes de l'avenue, Martin put suivre son amie et son compagnon à faible distance. Des bribes de conversation lui parvenaient :

— Deux piques. Trois sans atout ! Je contre.

— Risqué !

— Sauf qu'au troisième tour, passe, passe, un cœur, deux carreaux, alors trois cœurs. Ha ! ha !

Les voilà riant à gorge déployée avant de se remettre à assener couleurs et chiffres puis d'entamer une discussion serrée sur le bien-fondé d'une annonce avec tous ses possibles menés à terme dans une partie imaginaire.

Le vieux monsieur ne semblait pas vouloir lâcher Rose.

Martin reconnut la petite Lancia blanche, mais, enchanté par sa conversation ésotérique, le couple la dépassa et s'immobilisa enfin à côté d'une superbe Mercedes flambant neuf.

Rose ne frayait pas à perte.

Le monsieur baisa la main de sa partenaire et monta dans la vieille Renault tapée garée à côté de la Mercedes.

Martin sourit. S'il venait vers Rose, c'est qu'elle lui était à jamais indéchiffrable.

Rose s'approcha de sa voiture, clés à la main.

— Je croyais que tu les choisissais riches et puissants !

Elle s'arrêta net, un sourire indéfinissable sur les lèvres :

— Martin ! Je commençais à m'impatienter !

Il jeta un regard méfiant alentour. Rose l'assura qu'ils étaient bien seuls et eut la faiblesse de lui apprendre qu'elle l'avait repéré dès la sortie du club de bridge.

— Voilà pourquoi j'ai accompagné le baron jusqu'à sa voiture contre toute convenance et renoncé à notre habituel verre de sherry après le bridge.

— Du sherry, Rose !

— Un baron, Martin !

Elle lui ouvrit la portière et se demanda à voix haute comment elle pourrait justifier la présence d'une cloche dans sa voiture à cette heure de la nuit, en cas d'intervention inopinée de la police. Il se lança dans une fiction détaillée et astucieuse. Elle le coupa net :

— Très maladroit. Les coupables et les faibles parlent trop. Tout le monde sait ça.

Il se sentit découvert et d'ailleurs, tandis qu'ils roulaient au hasard, lui raconta tout sans rien omettre, remontant même jusqu'à l'Algérie où ils s'étaient rencontrés, elle jeune reporter inconsciente de tous les dangers, lui engagé volontaire par ennui et par défi.

Il lui décrivit les coulisses de sa guerre qu'elle n'avait jamais pénétrées, comment il s'était laissé recruter par un espion charismatique, héros et prince de la manipulation qui l'avait encouragé à répondre aux ouvertures de l'O.A.S.. Il était entré dans le monde fascinant de la guerre psychologique, pour se retrouver dans la peau d'un agent double très efficace. Une fois grillé, il avait été rapatrié.

Son entretien au retour avec un type de la D.G.S.E. avait été clair et net. Pour prouver sa bonne foi au camp rebelle, il avait dû se compromettre lourdement, même si c'était, en vérité, au service de l'Etat. Celui-ci voulant bien protéger ses serviteurs dans la mesure du possible, Martin avait été pistonné pour son retour à la vie civile, d'où la facilité de son engagement à son journal actuel.

Mais si quoi que ce soit filtrait de ce passé criminel, il serait lâché sans autre forme de procès.

Rose l'écouta comme d'habitude admirablement, c'est-à-dire vraiment, n'interrompant pas le fil, mais posant les deux questions utiles au récit. Elle conclut :

— Tu as donc décidé de te payer une nouvelle jeunesse.

— J'ai décidé, contraint et forcé, de sauver ma peau.

Elle mit le doigt aussitôt sur le point faible de sa théorie. L'adversaire mystérieux aurait tué deux fois, sans révéler son atout principal dans le but de se venger, quand, pour se venger, il lui suffisait de produire les preuves des engagements passés de Martin. Si preuves il y avait.

Pourquoi ?

— Par perversité, répondit faiblement Martin.

— Et toi tu l'encourages dans cette perversité en jouant son jeu, au lieu de te rendre à la police et de lui couper l'herbe sous le pied. Car franchement, ton appartenance à l'O.A.S. ne va pas bouleverser grand-monde…

— Il me propose un combat que j'ai des chances de gagner.

— En plus ça t'excite, soupira-t-elle.

Il lui demanda ironiquement si, comme la police, elle croyait qu'il n'était qu'un schizophrène acharné à se faire punir.

En vérité, Rose avait une théorie sur la culpabilité de ses compatriotes, collective et honteuse, d'autant plus abrasive qu'elle n'avait jamais trouvé à s'exprimer. Elle ne développa pas car Martin ne goûtait pas les idées générales, surtout quand il espérait une réponse particulière.

Il accepta l'argent qu'elle lui proposa.

Elle attendit qu'il révèle ce qu'il voulait vraiment. Ce n'était pas rien. S'il misait gros sur l'enquête que Bertrand allait mener, il était persuadé que Rose, en sa double qualité de journaliste et d'amie, saurait dénicher sur la femme assassinée des éléments inattendus, plus utiles donc...

— Et je deviens complice de tous ces agissements. C'est pire qu'une demande en mariage. Tu manques de maturité, mais pas de culot, pour ton âge.

Elle laissa sa réponse en suspens.

Elle ne lui devait rien et avait toutes les raisons de refuser, mais Martin pariait sur l'aspect sensationnel de son affaire, une matière à article de premier choix, un appât irrésistible pour Rose et sa nostalgie des grands faits divers dont elle avait été la reine. Il la pensait assez grande pour mesurer le danger auquel elle s'exposait.

Fin connaisseur de la psychologie féminine, Martin, évidemment, passait sans la voir à côté de l'unique vraie raison pour laquelle Rose ne pouvait que sauter sur l'occasion de l'aider.

Il n'osa pas lui parler de l'annonce à paraître le lendemain.

Si je vous ai fait mourir le jour de votre naissance, vous me faites mourir à répétition, du village, à la butte à la motte. N'est-on pas innocent de ce qu'on ne sait pas ?

Chaque mot avait été soupesé car il trouvait habile d'imiter le style ampoulé de son adversaire.

Maintenant, face à Rose, il n'en percevait que le ridicule. Il avait donné le numéro de la cabine dans son annonce.

Rose lui proposa de dormir dans sa voiture. Elle avait un box à proximité de son appartement où l'on n'irait pas le dénicher, mais il ne voulait pas rester à proximité de gens qu'il connaissait. Pour eux comme pour lui.

Il la quitta car l'heure de son rendez-vous avec Jo Cortez approchait.

Max avait bien voulu jouer les intermédiaires pour organiser la rencontre. La tâche était aisée. En 61, Martin avait rendu un service involontaire à celui qui n'était alors qu'un truand débutant, en le déménageant d'autorité la veille du jour où son café surmonté de son appartement était soufflé par un attentat FLN.

Avant qu'il ne s'arrête devant la porte SÉCURITÉ SURVEILLANCE, celle-ci s'ouvrit.

Il reconnut la silhouette de Max qui lui fit signe d'entrer et lui glissa un papier avec un nom de bar :

— Dans les toilettes, il y a une porte qui sera ouverte. Passez par là. A deux heures. Bonne chance. Je ne pense pas qu'on se revoie.

Ils ne se serrèrent pas la main et cette dernière phrase retentit dans la tête de Martin comme un arrêt.

Anne est seule et désœuvrée dans l'appartement de ses parents. Elle paye déjà cher sa décision de dormir ici. L'endroit l'emplit d'une mélancolie irrespirable.

Rien n'a vraiment changé et il semble impossible qu'elle ait pu être gaie et heureuse dans un tel lieu.

Elle entre dans la chambre à deux lits qu'elle a partagée avec sa sœur et qui évoque maintenant un sarcophage.

Elle allume la télévision pour se tenir compagnie mais des voix stridentes et artificielles remplissent l'appartement de visiteurs factices qui, au lieu de la réconforter, la renvoient à un vide profond.

Elle éteint et doit attendre quelques minutes que les palpitations de sa gorge se calment.

Elle entre comme par effraction dans la chambre parentale. Elle aperçoit dans le miroir de l'armoire son visage inquiet et pâle, réveillant des images de l'enfance. Un pas de plus et le lit remplit le cadre de la glace. Le mystérieux lit parental, la scène qui ne s'anime que porte close, sans spectateur.

Elle n'a jamais été témoin du moindre geste d'affection physique entre ses parents. Ils semblaient même éviter de se toucher et pourtant, ils avaient bien partagé un lit, leur vie durant.

Elle restait éternellement sur le pas de cette porte.

Derrière commence la famille, nous plutôt que je, une autre personne associée à cette entreprise délicate d'exister jour après jour, avant l'enfantement optimiste qui vient affirmer la pérennité de l'espèce ou du genre.

Elle ouvre l'armoire, retrouve la petite liasse de billets et en prend trois. Elle en est brièvement soulagée.

Elle croit entendre des pas dans l'escalier annonçant le retour des parents, mais ils continuent leur ascension au-delà du palier.

Elle se sent trop mal pour ne rien faire. C'est bien le seul endroit au monde qui fasse naître en elle un besoin frénétique d'activité.

Elle entreprendrait volontiers un brin de ménage, une grosse vaisselle, poussière, aspirateur, bon coup de balai, mais l'appartement est impeccable.

Elle trouve un fond de liqueur d'oranger dans un placard de la cuisine car elle n'ose pas toucher la bouteille de whisky des invités. Elle s'assied par terre au milieu de la chambre des filles et vide le contenu de son sac sur le tapis jaunâtre.

Elle jette les Kleenex usagés, les bouts de cellophane froissés, des feuilles de carnets arrachées, puis remet tout en place, bien ordonné, ce qui lui procure un bref moment de soulagement.

Elle a mis de côté la pile de journaux et relit tous les articles se rapportant à « l'affaire ».

Les plus prudents sont ceux de J.-P. Bertrand qui rappelle les principes de l'innocence présumée, met assez clairement à jour ce que les deux meurtres ont d'aberrant et lance un véritable appel à Gordes pour qu'il vienne s'expliquer, l'assurant du support de ses collègues.

Bien sûr, ils travaillent dans le même journal, ceci expliquant cela. Anne, elle, le préfère coupable.

Elle se met en quête d'une paire de ciseaux, fourrage dans les tiroirs de sa commode dont elle sort un carton à dessins. Elle regarde les esquisses, les premières tentatives à l'huile, reculant légèrement.

Cela seulement peut attiser une nostalgie brûlante de la jeunesse. Ce ne sont pas des chefs-d'œuvre, mais des promesses d'avenir, tout ce qu'Anne a dilapidé et dont il ne lui reste qu'un coup de crayon banal.

Un bruit de pas lui fait à nouveau dresser l'oreille. Elle prend à peine le temps de s'étonner de sa nervosité inhabituelle.

Elle pense que le deuil de leur jeunesse que portent ses parents doit redoubler à voir leur propre enfant perdre à son tour la sienne.

« La vie est une horreur », se dit Anne.

Elle n'arrête pas d'entendre des petits bruits parasites. Elle a perdu l'habitude de l'appartement.

Elle ferme la porte, le carton à dessins, le tiroir et commence ses découpages.

Au même étage, sur le palier, dans l'ombre, Claude accroupi, essayait de récupérer la lettre qu'il avait glissée sous la porte. Il avait écrit « branlé » à la place d'« ébranlé ». Au moment même où il glissait le papier sous la porte, il avait visualisé la page, vu « branlé » et rougi jusqu'aux sourcils. Il ne fallait pas qu'Anne lise cela. Il ne fallait pas qu'Anne lise du tout. Il l'a suivie jusqu'à cet immeuble triste au-dessus des rails. Cela lui a fait plaisir qu'elle vive dans la grisaille, cela les rapproche, alors qu'il l'avait toujours imaginée vivant dans un immeuble cossu des beaux quartiers chez les bourgeois imperturbables.

Il est monté derrière elle sans savoir pourquoi. Il ne projetait rien. Il savait qu'il n'était pas un assassin maniaque. Il faisait des opérations ponctuelles parce qu'elles s'inscrivaient dans un plan de grande envergure.

Et voilà qu'Anne se présentait à lui pour la troisième fois, prenant des allures de destin, son destin à elle, son destin à lui ?

Femmes inutiles, femmes futiles, femmes faciles, femmes fragiles. Le souvenir de son rire l'a transpercé. C'est vrai qu'il s'était dégonflé, littéralement…

Il n'a pas peur de reconnaître les situations, pfuit… plus rien et elle avait pris un air ahuri, n'avait pu se contenir : son rire avait fusé, joyeux, vital, un vrai rire de femelle supérieure.

Si je ne fais pas quelque chose, elle me hantera éternellement.

Il levait un bras pour sonner quand un bruit a arrêté son geste. Un couple montait en chuchotant. Il s'est mis à descendre, les a croisés, puis, ayant entendu claquer une porte, est remonté. La femme a ri et son rire tendre et complice a évoqué celui d'Anne. Elle avait voulu dire : « Ça n'a pas d'importance, nous avons le temps, c'est bien d'être ensemble comme ça », et Claude l'a virée comme une malpropre, comme il n'aurait jamais osé même avec Suzanne.

Il transpirait de honte. Il a toujours de quoi écrire puisqu'il considère que c'est son activité principale et d'un jet, il a rempli la page, l'a pliée, écrivant *pour Anne* en gros, et propulsée sous la porte.

Son soulagement s'est aussitôt mué en consternation.

Il a glissé un feuillet vierge derrière le premier et, balayant l'espace disponible, a bien senti les deux papiers se frôler sans que l'un n'arrive à ramener l'autre.

Encore des pas dans l'escalier.

Il retira la feuille de secours sur laquelle reposait une minuscule perle boucle d'oreille qu'il enfouit dans sa poche avec émotion.

Cette fois, il monta un étage, prêt à continuer son ascension si besoin était, mais le couple s'arrêta sur le palier qu'il venait de quitter et ouvrit la porte d'Anne avec une clé.

— Tu n'avais pas mis le verrou ?

— Si, je crois. Qu'est-ce que c'est que ce papier par terre ?

La voix d'Anne intervint alors :

— Papa ? Maman ?

La porte se ferma.

Claude redescendit. Le sort en était jeté.

Dans la rue, le souvenir cuisant le reprit de ce qui faisait maintenant deux échecs consécutifs. Martin, ayant intercepté Rose au seul endroit plausible, avait pu prendre plusieurs décisions. S'il était allé...

De toute façon, ce pouvait être un avantage que Martin se croie de façon illusoire débarrassé de son suiveur.

Il décida de retourner rue de Milan sans conviction, par acquit de conscience, pour ne pas perdre totalement sa soirée.

Il avait chassé Anne de sa pensée. Perdue pour perdue, il n'allait pas, en plus, porter le deuil.

Rue d'Amsterdam, il se retrouva une cinquantaine de mètres derrière une silhouette de jeune garçon et, sans y penser, accorda son pas au sien.

Rue de Milan, le jeune homme tourna, précédant Claude et au numéro six poussa la porte cochère qu'il maintint ouverte pour Claude qui se précipita à sa suite.

— Tu me suis ?

Le ton était méprisant, agressif et totalement inattendu.

— Mais non, pourquoi ?

— Alors qu'est-ce que tu fous là ?

— Mais rien. Je vais... j'ai rendez-vous...

Il esquissa un geste...

— Tapette ! dit le gamin en repartant dans la rue.

Claude était sûr qu'il avait été au bord de lui casser la gueule.

Il resta un moment jambes flageolantes, avant de s'apercevoir qu'il était au numéro huit.

Il vérifia que la rue était vide, entra au numéro six et s'engagea enfin avec précaution dans l'escalier métallique.

Sa joie, en voyant le scotch décollé, fut hors de proportion et il dut retenir un cri de victoire.

Il colla son oreille à la porte, puis, sans hésiter, frappa fort. Rien ne répondit. Il attendit un moment, s'introduisit dans la chambre.

Il était là ! Il s'était installé ! Retrouvant ses esprits et le cours de sa tactique, il décida de laisser un signe.

La chambre était pleine de poussière, mais devant un petit meuble de rangement en bois, le sol était plus net, comme si on avait lissé quelque chose dessus. Claude se mit à quatre pattes et aperçut une feuille bleue qu'il ramena à lui. Son cœur se déchaîna quand il reconnut l'écriture de Martin :

Chère Maryse, ne parle à personne de cette lettre. Je suis à bout de forces, traqué. Tu es le seul recours...

Il replaça soigneusement la lettre interrompue.

Mis en appétit, il fouilla parmi les rares affaires. Son attention se partageait entre ses recherches et tout bruit éventuel l'avertissant d'une approche de l'extérieur.

La lettre était tombée accidentellement sous le meuble, il en était sûr, mais qu'est-ce que Martin aurait pu avoir besoin de cacher ?

Il chercha l'inspiration au plafond et son regard s'arrêta sur un renflement du tissu à l'angle du mur. Il monta sur une chaise et sortit les papiers de Martin.

Il regarda la photo d'identité et se chauffa les sangs par quelques insultes violentes à l'égard du journaliste.

Puis il se dit : il va falloir en faire quelque chose. Ne jamais laisser le destin travailler en vain.

Il empocha les papiers, dérangea systématiquement l'installation de Martin et, pour qu'il n'y ait pas d'ambiguïté, traça du doigt dans la poussière du miroir :

JE SUIS LÀ.

CHAPITRE NEUF

Martin avait trouvé une salle de cinéma où attendre l'heure de son rendez-vous. Il s'éteignit avec les lumières et fut réveillé par l'ouvreuse qui le secouait sans ménagement :

— C'est pas l'Armée du Salut ici. Va coucher ailleurs.

Il se rappela à temps son vêtement, sa physionomie nouvelle et partit humblement.

Plus tard, il réfléchirait à cette justification instinctive du comportement intolérable des autres quand on est en position d'infériorité.

Ce soir-là il avait d'autres chats à fouetter et les grandes causes morales inspiraient plus facilement sa plume que son comportement qu'il avait toujours gardé confortablement conforme.

Il marcha jusqu'à la rue Saint-Denis et la route lui sembla longue. Il n'avait pas mangé depuis la veille et même s'il se sentait mieux dans son corps affiné, il se dit que le moteur allait caler faute de recharge.

Il pensa aux longues heures de marche la nuit dans le désert de pierres, où un pic se dressait soudain sous votre nez, et à l'eau qu'il fallait économiser, car c'était à la fin qu'on en avait le plus besoin, et aux prisonniers que, parfois, ils emmenaient avec eux et qui scandaient leur faim en arabe car ils avaient encore moins à manger de leur côté, surtout les derniers temps — et pourtant ils marchaient, couraient même plus que les Français, leur grande force résidant dans leur mobilité.

Bien sûr, ils avaient une cause à défendre.

« Et moi, qu'est-ce que je faisais alors comme maintenant sinon défendre ma peau, ce qui est bien la première et la meilleure des causes ? »

Est-ce l'idée de poursuite ? Une image vint se superposer. Il montait un escalier taillé dans la pierre. La petite silhouette qui le précédait n'était faite que de voiles, comme une femme invisible à qui seules les étoffes donneraient un contour. Tout y était, le léger claquement des sandales sur la pierre, le bruissement d'un feuillage serré.

Il s'était retrouvé devant un rideau grossièrement attaché qui balançait encore. Il l'avait écarté d'un geste abrupt. Les tissus étaient tombés autour des chevilles comme dans un tour de magie tandis qu'elle restait clouée, entièrement nue face à lui. Le regard éteint de la femme trahissait clairement la victime, même consentante, et l'excitation retrouvée de ce moment d'humiliation raviva chez Martin une sensation de plaisir mêlé de gêne.

Pendant ce temps, son œil cherchait le numéro indiqué et il s'arrêta devant ce qui était plus un café qu'un bar, éclairé violemment aux tubes de néon, peuplé d'une clientèle au moins aussi déjetée que lui, morne et passive.

Seul le barman s'agitait au rythme traditionnel de son activité professionnelle : les verres plongés dans le bac, un coup de chiffon, le vidage du percolateur, l'ouverture, fermeture de la glacière...

Il jeta un œil rapide vers Martin qui indiqua les toilettes d'un mouvement de paupières. Le barman ferma les yeux et Martin franchit la porte.

Après le petit lavabo, il trouva une ouverture.

Au bout du couloir sombre, une porte entrebâillée laissait filtrer de la lumière.

Il se dirigea vers elle, cogna légèrement avant d'entrer.

Il se trouvait dans un bureau de style anglais éclairé par des lampes aux abat-jour verts. Un homme se leva du grand Chesterfield à la gauche de Martin et, sans lui laisser le temps de marquer son choc, vint vers lui, l'étreignit avec une chaleur jouée ou pas :

— Mon vieil ami, il y a bien trop longtemps...

Martin avait oublié cette amabilité singée des Orientaux à laquelle il répondit de son mieux sans grande inspiration :

— Jo...

Son choc était venu de ce que l'homme ne se ressemblait plus. Il lui semblait tenir entre les bras une frêle carcasse d'oiseau dont les os risquaient de casser sous la moindre pression.

Jo Cortez se détacha, le maintenant à bout de bras face à lui. La maladie qui le rongeait lui conférait une dignité nouvelle.

— Je sais, Martin, j'ai changé. Mais vous aussi, mon cher, vous aussi. Vous me semblez moins distant que le grand journaliste oublieux de ses anciens amis.

« Amis, faut le dire vite », eut envie de répondre Martin.

— Mais nous suivons tous la route qui est tracée, la route unique que nos pas croient choisir. Franchement, je n'aurais jamais choisi de mon plein gré cette saloperie qui me vicie le sang, mais elle m'a enseigné deux ou trois choses.

« Du vent » pensa Martin qui ne croyait pas plus à la sagesse nouvelle de Jo qu'à son amabilité.

— Vous êtes dans la panade, comme diraient mes amis marseillais. Le vieux Max m'a dit que vous aviez besoin de moi. J'aime qu'on ait besoin de moi.

Tout en s'asseyant et faisant signe à Martin de faire de même :

— Mes pauvres jambes ont de plus en plus de mal à accomplir leur fonction et vous-même, cher ami, n'avez pas l'air trop vaillant. Le remords est une autre forme d'empoisonnement. Ah, être à la fois le bourreau et la victime.

« Il se fout de moi », pensa Martin.

— Pour ce qui est du remords, ma vie n'est pas irréprochable, mais je peux vous assurer que je n'ai tué personne.

— Allons, tant mieux.

Jo appuya sur un bouton et ils attendirent dans un silence tendu.

Un jeune garçon apporta un plateau avec une collation et ils commencèrent à manger, Jo entretenant une conversation de salon, demandant des nouvelles d'untel, commentant un papier de Martin et faisant semblant d'accompagner son visiteur dans la liquidation du plateau.

La petite table débarrassée, on en vint aux faits.

Jo traça un rapide portrait de la carrière de Suzanne, précisant que la police en savait autant que lui à ce sujet, bien sûr.

Ayant moi-même mené mon enquête, je peux vous en faire un récit de première main, quasiment.

Suzanne avait été une figure de la rue Saint-Denis.

Après un début de carrière sans éclat, repérée par un mac à la caisse d'un Prisunic, dressée en douceur par quelques clients choisis, elle avait trouvé son carré dans le quartier de Strasbourg-Saint-Denis.

Son protecteur, malfrat sans envergure, dans une tentative désespérée d'échapper à l'anonymat, s'était retrouvé coincé dans une prise d'otages, le reste de la bande ayant judicieusement choisi la fuite. Bilan, un mort.

Suzanne devint veuve.

Elle se fit volante, acquit de l'expérience, plus quelques relations et mit de l'argent de côté.

Elle put enfin réaliser son rêve. Elle retourna rue Saint-Denis, s'inventa un caïd protecteur mythique qu'elle imposa à la crédulité générale par quelques interventions musclées qu'elle avait elle-même orchestrées.

Elle jouait son va-tout et n'avait rien à perdre...

Quand les filles la suppliaient de les présenter, elle expliquait qu'il préférait une pouliche gagnante à une écurie de tocardes.

Elle s'acheta un petit studio à prix d'or et se fit une réputation, puis une clientèle régulière, chez les masos du plus *soft* au plus *hard*, c'était une question d'accessoires.

Puis Suzanne, contre toute attente, était tombée dans le piège aux midinettes. Elle avait annoncé qu'elle prenait sa retraite avec son julot, celui-là même que personne n'avait jamais rencontré puisqu'il n'existait pas, et qu'elle allait refaire sa vie, ce qui est le refrain de base de toute la profession, commenta Jo. De fait, elle avait totalement disparu de la circulation, après avoir bazardé studio et accessoires.

— J'ai l'âme plutôt romantique, mais je n'ai de ma vie jamais vu de fille, même des fortes têtes comme Suzanne, se refaire une virginité. Il y a eu un type, c'est sûr. Mais qui ? Et qu'est-ce qu'il voulait vraiment ? Elle avait des économies. Il y a eu des rumeurs aussi mais qui sont restées à l'état de rumeurs selon lesquelles Suzanne aurait eu dans sa clientèle des personnalités politiques en vue. Mais enfin, c'est vrai de la plupart des filles et elles savent la boucler. Enfin, ça pourrait être une piste.

Il informa ensuite Martin que ce que Suzanne avait eu qui ressemblait le plus à une amie était une certaine Sonia. Il lui expliqua comment la trouver.

Martin remercia infiniment Jo qui lui rappela avec tact que sa dette était maintenant réglée. Ils étaient à jour, mais si Martin n'était pas trop pressé, accepterait-il de lui raconter les dessous de la disparition pourtant ancienne d'un ministre dont on n'avait jamais su le fin mot et dont Martin savait certainement des éléments impubliables ?

« Il s'ennuie » pensa Martin, sidéré. « Il va mourir et il s'ennuie. »

Il ne savait où aller, il n'avait rien à faire avant le matin, ce serait une manière de payer son écot. L'ombre de sa propre mort planait sur la rencontre. Se prenant pour Shéhérazade, il entama son récit.

Il fut réveillé au matin par une odeur de café chaud. Il était pelotonné sur le Chesterfield. On lui avait enlevé ses chaussures et, redoublant sa sensation de négligé, Jo se tenait devant lui, rasé de frais, tiré à quatre épingles et souriant affablement.

Il le laissa faire un brin de toilette et se réveiller plus complètement avant de réitérer une offre faite la veille :

— Je vous assure, cher ami, qu'avec mon organisation, on peut vous retrouver le type en un tour de main. Nous sommes beaucoup plus efficaces que la police sur le terrain.

— Merci, Jo, mais c'est une affaire que je dois régler seul sans la police et sans vous. Merci beaucoup pour votre aide.

Se faire tirer d'affaire par Jo, c'était se coller sur le dos des remboursements à vie. Il sortit de là en espérant n'avoir plus jamais à revenir.

Il vérifia que son annonce était bien parue, puis reprit la direction d'Argenteuil.

Il fit lentement le tour des environs de sa cabine téléphonique. La vie suivait son cours paisiblement, ce qui n'avait rien de surprenant, sauf pour Martin.

Quand le téléphone sonna, Martin décrocha aussitôt sans déclencher sirènes, sifflets, descente de police et autres images cauchemardesques de trahison.

— Bertrand à l'appareil.

— J'oublie toujours de vous dire à quel point j'apprécie vos papiers, honnêtes, objectifs et surtout jamais vulgaires, à l'image de notre journal.

— Notre journal, comme vous dites, est dans les affres du doute. Il y a eu une réunion exceptionnelle de la rédaction. Vous êtes temporairement remplacé par Jourdain et le patron a beau protester que vous êtes toujours présumé innocent, il est inquiet de ne pas vous voir reparaître. Ce n'est un secret pour personne qu'il vous a toujours considéré comme son successeur potentiel et maintenant, il se sent ...

— Con.

— Blessé. On peut se voir ? Je ne crois pas que le téléphone soit sûr.

— Les Français ont l'obsession des écoutes... Si on se rencontre, vous êtes dedans jusqu'au cou.

— En face de votre ancienne mairie, il y a un grand tabac à l'angle. J'y serai entre quatre et cinq.

Il raccrocha et Martin pensa amusé que le petit jeune essayait de prendre de la bouteille en méthode accélérée.

En attendant le prochain coup de fil, il alla regarder une partie de pétanque disputée sur la place. Il essaya de se mêler à la conversation en commentant un point, mais les regards qu'il reçut en réponse le firent s'éloigner tête basse.

La sonnerie le tira de son abjection momentanée.

A son habitude, Rose fut brève. Elle lui indiqua l'endroit où elle lui avait laissé de l'argent et proposa qu'il dépose au même endroit toutes les informations qu'il avait pu recueillir, susceptibles de l'aiguiller dans ses recherches. Elle l'aidait à condition bien sûr de pouvoir tout raconter quand l'affaire serait réglée.

Il dit en riant :

— *Fifty-fifty* alors.

Elle répondit sérieusement :

— L'argent c'est l'amitié, le reste, c'est strictement *business*.

Il entendit résonner son propre rire clair et joyeux que commenta aussitôt Rose :

— Du moment qu'il y en a que ça amuse...

Il était formidablement soulagé de n'être plus seul.

Il décida de passer rue de Milan dans la foulée, acceptant le risque que l'autre se fût installé à proximité, et guettât son arrivée, car Martin souhaitait organiser la première confrontation.

Tout en marchant, il se rendit compte qu'il avait adopté de nouvelles manières. Il rasait les murs, par peur, parce que le haut du pavé ne lui appartenait plus. Il s'effaçait quand il croisait quelqu'un et ne regardait plus personne dans les yeux, lui qui n'avait jamais n'hésité à scruter presque grossièrement les passants au cours de ses promenades. Les gens l'intéressaient alors et ne le menaçaient pas.

Martin a toujours prétendu que les gens l'intéressaient. En réalité, il ne s'intéressait qu'à ceux dont il attendait quelque chose.

La veille il avait croisé une fille qui avait ranimé provisoirement la flamme de son désir. Il lui avait jeté un coup d'œil furtif et déplaisant si l'on en juge par le mouvement de rejet instinctif de la fille.

Son comportement s'était ajusté à sa défroque.

Il déchiffrait aussi autrement le code tacite et subtil qui régit les rapports sociaux de la rue. Regard, absence de regard, ouverture, fermeture des visages, raideur du corps, ouverture du torse. Il lui semblait que l'homme dans son entier n'était que langage.

Seuls les enfants perdus dans leur plaisir propre échappaient à ce statut d'homme sandwich, aux panneaux couverts de messages clamés à la foule.

Martin balaya du regard la chambre de bonne. *Il* était venu. *Il* avait tenu à le faire savoir. *Il* avait vu et replacé la lettre à Maryse.

Ainsi soit-il.

Martin avait gardé sur son trousseau la clé du studio de la stagiaire qui avait dû partir en vacances la veille, si sa mémoire était bonne.

Ce serait un terrain de rencontre idéal, parce que choisi par lui.

Il rassembla ses affaires et, levant la tête vers la petite armoire à pharmacie, découvrit le message.

Il avait quand même affaire à un sérieux allumé.

Quand sa main ne trouva que du vide sous la tapisserie, il ne fut pas amusé.

Il n'avait pas envisagé que l'autre pourrait trouver et embarquer ses papiers, ce qui lui donnait indéniablement une arme supplémentaire, sauf... Une idée se profila que Martin mit de côté.

Anne mâchonne un bout de croissant sous le regard attentif de sa mère. Il faut qu'elle se tire d'ici.

Elle s'est réveillée oppressée et son premier coup d'œil a été pour le mot griffonné par Claude dont elle se demande encore comment il a bien pu retrouver sa trace :

Le hasard m'a remis sur ta route. Tu m'as ébranlé dans ce que je croyais le plus fermement. Pouvons-nous nous voir, nous parler encore ? Tu sais où je suis. Je te laisse la décision, par peur de rien t'imposer. Je sais que nous nous retrouverons, ma chérie, tu le sais aussi.

Encore de la gelée tremblotante.

On a frappé à sa porte et elle a fait semblant de dormir.

Derrière la porte ouverte, elle a entendu des chuchotements :

— Elle dort. Prends une brioche et un croissant.

Elle a levé une paupière et, d'une voix assoupie :

— Il est tard ? Bonjour.

— Non, papa descend nous acheter des croissants.

— Tu crois qu'il pourrait me prendre la presse du matin ? C'est pour mon boulot.

Elle a entendu, plus proche, une série d'exclamations chuchotées, des pièces glissant dans la main pendant qu'on recomptait, sa mère allant chercher un billet supplémentaire.

Comme tout est compliqué dans leur vie, ou extraordinaire. Parce qu'ils s'ennuient ?

Ou ont-ils su conserver la fraîcheur de transformer les hoquets de la vie en événements ?

Le petit déjeuner à trois en était certainement un.

Son père s'est plongé avec gourmandise dans cette manne imprévue que sont trois journaux au petit déjeuner.

De temps en temps, il essaye de lancer une question de fond sur la nappe de toile cirée, mais aucune de ses femmes ne relevant le défi, il repart dans sa grande revue du monde.

La mère, elle, s'efforce de gaver Anne.

— C'est tout ce que tu mets comme beurre ? Je te conseille la confiture de quetsches. Un régal.

Anne ne veut pas se rappeler la petite fille qui s'efforçait de manger autant qu'on voulait lui faire ingurgiter, car une fois son enfant gavée, sa mère semblait retrouver un calme momentané, la satisfaction d'être à la hauteur, de remplir son devoir.

Et la petite fille voulait tellement rassurer sa mère qu'elle était allée jusqu'à devenir boulotte, comme si son corps enflé disait :

— Tu vois, maman, je suis pleine de ta nourriture. Tu n'as laissé aucun vide en moi.

Tandis que le vide n'en finissait pas de gagner du terrain.

Le malheur de sa mère était aussi insatiable que les monstres dans les contes. Il se serait volontiers nourri de la destruction de la petite fille, sans rien perdre de sa puissance.

Ce fut une des premières acquisitions d'Anne : le sacrifice était une perversité. Elle refusa désormais d'aller à l'église dont c'était la valeur fondatrice.

Sa mère avait fini par s'accoutumer au malheur. D'autant qu'elle n'avait aucune raison de se plaindre. Elle avait un toit, un mari et des enfants. Seul le rêve l'avait frôlée sans s'attarder.

Anne a envie de lui dire :

— Ne crois pas que ce soit si facile pour moi.

Elle regarde le visage de sa mère. Elle ne se souvient pas de ce qu'il a été. Elle esquisse un geste pour la toucher. La mère pousse un petit cri et dit :

— Tu m'as fait peur. Alors, tu ne manges plus ?

— Non. S'il reste un peu de café...

— Ça, pour ce qui est du café... Comme si tu ne savais pas que c'est un vrai poison.

La vie reprend son cours.

Anne se plonge, à son tour, dans le journal.

Volontairement, obstinément, elle lit ligne après ligne chaque page, ne s'intéressant à rien, même pas au fait divers dont le coupable a tué sa femme parce qu'après trente ans d'un mariage sans histoire, « elle faisait du bruit en mâchant », mais espérant reprendre pied dans la vraie vie au détour d'une information.

Pourquoi s'arrête-t-elle sur cette petite annonce qui dit :

Si je vous ai fait mourir le jour de votre naissance, vous me faites mourir à répétition, du village à la butte à la motte. N'est-on pas innocent de ce qu'on ne sait pas ?

Et un numéro de téléphone.

En trois mots, l'annonce trace l'itinéraire qu'Anne ne cesse de repasser dans sa tête. Elle se lève d'un bond. L'étau est desserré.

— Je vais prendre un bain, annonce-t-elle gaiement.

Et même la remarque de sa mère jaillissant : « A cette heure-ci ! », ne réussit pas à faire retomber son petit soufflé du matin.

Elle va appeler, elle va appeler. Les mots chantent dans sa tête. Mais d'abord elle va s'assurer que Claude restera à l'écart, si, comme elle l'escompte, son bel inconnu vient effectivement de lui envoyer un message matinal.

Pendant qu'Anne chantait à tue-tête dans la salle de bains, éberluant ses parents, Claude allait de mal en pis.

Il s'était retourné des milliers de fois dans son lit sans trouver de position apaisante. Les mots de sa lettre à Anne se mélangeaient dans une série de combinaisons cauchemardesques et pornographiques :

Cher Martin, le hasard m'a remis sur ta bite. Tu m'as branlé ce que je tenais fermement...

Il avait mal, peu dormi, réveillé par la benne des éboueurs.

Sa tête cognait et il avait fermé les yeux dans une grimace avant de s'asseoir d'un bond sur son lit, terrifié, car il venait d'entendre la voix de Suzanne :

— Allez, juste une fois, sous la douche.

Il réalisa instantanément que c'était la goitreuse qui donnait des ordres dans le couloir.

Ce n'était pas le moment de flancher.

Le parcours devenait vraiment périlleux. C'est maintenant qu'il faudrait savoir improviser, réagir vite, finement. S'il se transformait en épave, vaguement secouée par des attaques de nerf...

Il lui restait des comprimés de son traitement interrompu mais ils lui avaient toujours fait perdre en rapidité et en brio.

Avec un peu de méthode, cela devrait s'arranger.

Il reprit donc ses exercices au sol, ramenant chaque muscle sous son contrôle. Il supporta la douche glacée sans frémir. Il n'était pas encore devenu une mauviette.

Ensuite il se força à écrire deux pages de son journal.

Tout roule presque malgré moi. Comme une intrigue si bien lancée qu'elle s'autogère. J'ai profité de l'heure du dîner, la plus calme dans ce lupanar de veulerie, pour glisser l'identification de Martin Michel Marie Gordes sous une couverture du placard dans l'ancienne chambre de feue Suzanne. Quelqu'un finira bien par les trouver. Si j'étais encore susceptible de pitié, j'en aurais pour le traître qui suscite les pièges sous ses propres pieds. En changeant de crèche, il me fournit l'occasion d'une ultime opération ponctuelle, après quoi je considérerai l'ensemble de l'affaire comme bouclée.

Je ne suis plus certain de provoquer la confrontation finale. Il me suffira d'envoyer mes documents à la presse et il les découvrira comme tout le monde dans les journaux.

J'ai, moi-même, mieux à faire, un avenir, contrairement à lui, à construire, et Anne a besoin que je me consacre à elle.

Par contre je prendrai le temps prévu d'aller trouver la veuve et de la sortir des voiles du déshonneur.

Pour ce qui est de la réhabilitation, une fois la vengeance acquise, devient-elle nécessaire ?

Je consulterai ma future femme, désormais partie prenante, et nous verrons bien.

Il avait d'abord pensé attendre Anne, qui devait, en toute logique, se précipiter vers lui dès le matin. Mais d'une part, elle pouvait avoir des obligations qu'il ignorait et, d'autre part, il ne fallait pas se montrer trop empressé.

Il précisa bien à la goitreuse qu'il serait de retour dans une heure et demie et partit prendre un café chez ses copains pédés. Il avait besoin de rigoler.

Il fut immédiatement pris à partie par le patron amoureux :

— Dis donc, mon petit Claude, qu'est-ce que tu as encore fait ?

— Tu vas me le dire.

— On m'a posé des questions sur toi, figure-toi.

— Qui ?

— Les flics, bien sûr.

— Quel genre de questions ?

— Où t'étais mercredi dernier, si on t'avait vu avec Suzanne Lanteau... Tu pourrais prévenir quand tu zigouilles quand même...

— Pourquoi ? Ça t'excite ? Oui, j'assassine des vieilles pour leur piquer leur flouze. Ça fait chier, cette histoire de flics.

— T'en fais pas, mon poulet, je leur ai rien dit.

— Qu'est-ce que tu voulais leur dire ?

— J'ai une imagination qui t'épaterait, blondinet. Sans blague, t'as des soucis ?

Il était inévitable que la police le relie à Suzanne. Ils avaient été plus rapides que prévu. Il fallait leur filer un coupable avant qu'ils ne se rapprochent trop, mais l'idée de donner le coup de grâce en avance sur son programme ne l'amusait pas du tout.

— Tu es tout pâle. Je t'offre un verre ?

— Je veux bien, merci. Laisse-moi un peu seul, il faut que je réfléchisse.

CHAPITRE DIX

Anne, portée par son nuage radieux, a une chance prévisible. Elle entre dans l'hôtel sans rencontrer personne. Une radio tonitrue depuis les appartements directoriaux. Anne frappe sur le comptoir, appelle, puis finit par détacher deux clés du tableau, celle de son ancienne chambre et celle de Claude.

L'escalier craque à chaque pas. Si Claude revenait, elle l'entendrait.

Elle vérifie que sa chambre est toujours libre et laisse la porte ouverte. Puis elle entre chez Claude.

Les murs sont beiges, la moquette râpée, marron et le dessus de lit en bouclette, orange. Sur la table de nuit, une biographie d'Alexandre le Grand.

Dans la petite salle de bains, les affaires de toilette, nombreuses et variées s'agencent dans un ordre impeccable. Un grand savon carré, une petite savonnette parfumée, une pierre ponce, de l'huile pour le bain et pour la douche, une crème pour le corps, une crème pour les cheveux, une crème pour les mains, un flacon de laxatif, de l'eau de toilette Drakkar, un flacon de comprimés roses, des somnifères en tous genres, des calmants... Une paire de chaussettes trempe dans le lavabo.

Dans l'armoire de la chambre, trois costumes, une paire de chaussures, un imperméable, quelques chemises pliées avec les rubans du teinturier et, tout en bas, une boîte de métal gris fermée à clé.

Dans un sac de voyage en plastique noir, du linge de corps et, dans la poche extérieure, une chemise cartonnée contenant quelques photos. Un portrait de classe où Anne reconnaît vite le petit garçon renfrogné qu'a été Claude avec ses culottes courtes, ses chaussettes de laine tricotées à la main et ses pull-overs étriqués. En dessous, la photo d'identité d'une femme triste avec une mise en plis bouffante, un visage étroit tout en longueur, le nez bosselé, la bouche aux lèvres fines, et diverses photos de soldats où se retrouve le visage aux traits virils, au menton volontaire d'un homme jeune et séduisant.

Elle remet tout en place. Le reste de la pièce présente un aspect lisse. La femme de chambre est passée.

Anne regarde autour d'elle, jette un œil sous le lit, sous le matelas, examine le fond et le dessus de l'armoire, la petite table de bois. Puis elle monte sur une chaise et découvre une cachette aménagée dans le haut des doubles rideaux d'où elle extirpe un grand cahier relié qu'elle ouvre sans attendre :

J'entame aujourd'hui le cinquième et, je présume, dernier volume de ma vie tronquée. Dans quelques mois, la vengeance sera consommée.

C'est alors qu'Anne entend des pas dans l'escalier.

Elle réfléchit rapidement qu'elle n'a pas fermé à clé. Elle remet le journal en place, descend de la chaise, sur laquelle elle est tranquillement assise, jambes croisées, quand on frappe à la porte :

— Entrez.

Ce n'est pas Claude mais un grand type blond, frisé, rouge de visage, portant un pardessus trop long et trop étroit pour un volume de corps impressionnant.

— Ce n'est pas la chambre de monsieur Rolland ?

Anne se lève d'un bond :

— Si. J'en ai assez de l'attendre. Si vous décidez de prendre le relais, dites-lui qu'Anne est passée.

— Vous êtes sa fiancée ? Asseyez-vous. Vous pouvez m'aider.

Elle se rassied immédiatement. C'est le genre d'homme qu'on n'a pas envie de contrarier.

Il jette un regard flou autour de la chambre comme s'il cherchait une improbable trace. Tout en lui est lent, ses déplacements, ses paroles, sa pensée. Il évoque certains boxeurs qui compensent par leur massivité, leur manque de vivacité, ou un ours puissant et lent, capable, d'un coup de patte, de vous laisser sur le carreau.

Il rend Anne très nerveuse.

Le temps passe. Claude peut les surprendre à tout moment et l'homme se tait, regardant longuement le petit paysage en relief dans son cadre de plastique imitation bois, la table couverte d'un napperon douteux, Anne enfin.

Il se laisse tomber sur le lit, fixe le sol entre ses genoux, mais ce qu'il voit reste invisible. Il annonce d'une voix sourde qu'il est le mari de Suzanne Lanteau.

Il se redresse et, avec la même insupportable lenteur, sort de son portefeuille un instantané noir et blanc.

C'est lui, l'œil ébahi, la bouche arrondie en sourire, quelqu'un qui, contre toute attente, vient de décrocher le gros lot, et une femme dont les traits indistincts sont auréolés d'une masse de cheveux si considérable qu'elle leur donne du caractère, dont la bouche seule sourit. Anne essaye de rester calme devant cette aubaine et lance un commentaire vague sur l'évidence de certains couples admirablement assortis. Elle doit faire jouer un ressort caché, ou bien l'homme attendait-il une excuse quelconque, car il commence à raconter sa vie par le menu, avec cette même lenteur qui étire ses mouvements, en commençant par son mariage avec Suzanne, son amie d'enfance, quand ils étaient tout jeunes. Il avait toujours su qu'il l'épouserait, etc.

... Sauf que ça n'avait pas duré. Il était marin, souvent absent et Suzanne rêvait... Elle partit pour la ville, pour Paris. Elle lui proposa de divorcer mais lui préférait pas. Il l'attendait.

Apparemment, elle ne se débrouillait pas mal dans la capitale. Elle n'écrivait pas souvent mais régulièrement. Elle ne donnait jamais d'adresse.

Jusqu'au jour où la police vint annoncer au fidèle marin qu'on avait retrouvé Suzanne étranglée chez un journaliste parisien...

Anne essaye d'écouter, mais son oreille capte d'abord jusqu'au plus infime bruit extérieur à la chambre. N'y tenant plus, elle l'interrompt, avec un manque d'à-propos qui la fait intérieurement sursauter :

— Et si on continuait cette conversation au café ?

Elle le presse de partir en avant, elle le retrouvera au premier bistro en remontant le boulevard. Elle veut laisser un mot à son ami, car il a vu juste, elle est bien la fiancée de Claude. Elle lui expliquera. Il part, soumis, massif.

Elle est derrière le comptoir en train de replacer les clés quand une voix la fait se retourner nerveusement :

— Vous êtes déjà de retour ?

Le patron la regarde, goguenard.

— Oui, oui, j'ai appelé, mais avec la musique... Je regardais si monsieur Rolland était là.

— C'est vrai que vous avez fait sa connaissance... Il est là. Il a même un visiteur.

— Mais sa clé est au tableau.

— Ah merde, j'ai dû mal regarder. Le type est sûrement reparti. Je préfère. Il m'a assommé de questions, pire qu'un flic. Vous ne l'avez pas vu ?

D'un air soupçonneux.

— Non. Quel genre de questions ?

— Vous êtes tous de la police, ce matin ?

Anne rit comme d'une bonne blague :

— Ma chambre est encore libre ? Alors, je la reprends.

Elle sort de l'hôtel avec un petit geste guilleret. Contre tous ses principes, elle s'efforce de penser vite. Quand la chance devient inouïe, il faut affûter ses outils.

Vingt questions se bousculent dans sa tête, mais quelle révélation ! La victime était mariée ! Et elle connaissait Claude, c'est maintenant une certitude, Claude qui avait en sa possession une lettre adressée à la deuxième victime. Anne est en train de devenir indispensable à la survie de Martin.

Si le veuf fait cavalier seul, comment a-t-il retrouvé l'hôtel, que recherche-t-il, que sait-il ? Surtout, comment le neutraliser ? Anne ne tient pas à laisser la scène se remplir de trop de monde.

Elle est excitée et ravie. Peut-être parce que la mort est devenue assez réelle pour rendre les gens concrets, les événements signifiants et la vie dangereuse.

Il attend docilement, accoudé au bar.

— Vous ne voulez pas vous asseoir ? demande-t-elle gentiment.

Elle le manie avec précaution comme un spécimen inconnu dont elle ignore encore les mœurs.

— Je suis désolée pour votre femme...

Il pousse un soupir à fendre l'âme qui laisse celle d'Anne intacte. Elle a été pétrifiée il y a longtemps de cela.

Il est à Paris depuis deux jours et totalement paumé.

La police ne sait pas qu'il est ici. Il voulait connaître la vérité pour Suzanne et Sonia a pu lui fournir quelques renseignements. Sonia avait hébergé Suzanne quelque temps et comme le mari abandonné conservait tout ce qui venait de sa femme...

— Sonia est une... Enfin, elle connaissait bien Suzanne. Dans ses lettres, Suzanne me disait que tout allait bien, qu'elle reviendrait un jour. Si elle me l'avait demandé, je serais venu la chercher.

Il ne voulait pas croire que Suzanne se fût prostituée. Ou plutôt il voulait croire qu'elle y avait été contrainte. Pour lui, cela faisait une différence. Il est évident que Claude avait tenté de la sortir de là. Il l'avait coupée de son ancien milieu, mais elle, en cachette, avait continué de donner des nouvelles à Sonia. Claude avait sûrement ses raisons de ne pas s'adresser à la police. Mais Roger Lanteau, puisque c'est son nom, a grand besoin de lui parler.

Il le voit moins comme un rival que comme une espèce de confrère plus heureux.

— C'est Sonia qui vous a donné son adresse ?

— Sonia connaissait l'hôtel et savait qu'il existait un Claude. Pour le reste, je me suis débrouillé tout seul.

— Parce que vous comprenez, monsieur Lanteau, je suis désolée, mais Claude et moi sommes fiancés depuis deux ans et tout ce que vous me racontez... Ça ne peut pas être lui.

Elle explique, gênée, qu'il a eu des démêlés avec la police et qu'elle l'a aidé à se remettre en selle. Maintenant, il est sorti d'affaire, mais encore fragile.

Elle est très émouvante dans son récit de leur drame.

Que Roger lui fasse confiance. Elle interrogera Claude elle-même, vérifiera s'il a la moindre information, même si cela lui semble improbable, et contactera Roger.

Roger est d'autant plus prêt à lui faire confiance qu'il a un besoin maladif de se raconter. Il est déjà revenu à son sujet de prédilection : Suzanne, la naïve, prête à faire confiance au premier venu. Une rêveuse qui n'a pas mérité une fin pareille.

Il doit impérativement repartir le lendemain et n'envisage pas de rentrer bredouille. Or la police n'a même pas le début d'une idée sur l'endroit où peut se trouver ce Gordes. Car bien sûr, son objectif final est de retrouver Martin.

Quand il avoue à Anne qu'il n'a pas dormi depuis son arrivée, elle le gronde gentiment, lui explique que ce n'est pas raisonnable et le ramène même jusqu'à son petit hôtel en face de la gare du Nord en promettant de lui donner des nouvelles dans la soirée.

La petite impasse rayonnait de soleil et de cris d'enfants car un square longeait une de ses extrémités.

Martin pénétra dans la première cour ombragée aux trois platanes.

Sur sa gauche le petit immeuble de bureaux était en pleine activité. Devant lui, un autre immeuble. Il monta au troisième, suivit le long couloir qui se terminait par un autre escalier qui descendait de l'autre côté donnant accès à une deuxième cour. Le troisième immeuble commençait là. Il suffisait de descendre quelques marches de l'escalier C à droite, d'aller tout droit, puis à droite, pour trouver, derrière une porte, une cour minuscule dont le petit mur d'enceinte était aisément franchissable. De l'autre côté, un bout de jardin et un autre immeuble.

Rebroussant chemin, traversant le dernier bâtiment, Martin déboucha sur la deuxième sortie par un petit couloir sombre. Il se trouvait dans une rue calme, sans café ni magasin. Maryse avait eu deux bonnes idées : partir en vacances à la date prévue et garder le même appartement après leur rupture. En effet, son immeuble ménageait trois possibilités de sortie et se trouvait en plein cœur de Montmartre. Il monta dans le petit studio bordélique et un peu crasseux, qu'il avait trouvé exotique à une époque, et décida d'affirmer que l'avenir existait.

Il composa le numéro de la ligne directe et très privée du directeur qui répondit à la première sonnerie.

Le « c'est moi » annoncé d'une voix neutre, déclencha une salve encore plus violente qu'il ne s'y était attendu. Il connaissait l'homme et laissa la tempête s'apaiser momentanément pour continuer :

— La parole est à la défense. Ambroise, on se connaît depuis longtemps. Je ne suis pas une tête brûlée, mais je sais prendre des risques si nécessaire. Je ne suis pas devenu subitement fou. J'ai choisi la voie la plus rapide et la plus efficace pour prouver mon innocence, j'ai choisi de débusquer le coupable. Je suis le seul à même d'y parvenir. En me protégeant, je protège le journal. Et je m'engage à me rendre à la fin de la semaine si je n'ai pas bouclé l'affaire d'ici là.

Il ajouta avec un rire de gorge qu'il n'avait jamais eu besoin des services d'une prostituée de sa vie et que ce n'était pas à son âge qu'il se serait laissé piéger par un chantage à l'enfant.

Après quelques interruptions d'onomatopées rageuses, Ambroise finit par rire à son tour.

Ayant toujours vécu en chambre, il avait du goût pour les baroudeurs et Martin avait compté là-dessus.

Considérant ce problème réglé, Martin fila à Argenteuil attendre l'hypothétique coup de fil en réponse à son annonce.

La petite conversation lui avait fait du bien en rétablissant son identité.

Martin Gordes était encore bien vivant.

— Je téléphone pour la petite annonce. Vous êtes Martin Gordes, n'est-ce pas ?

Anne n'obtint que du silence à l'autre bout du fil. Il voulait faire le mystérieux, soit !

Puis elle l'entendit.

Il parlait doucement, d'une voix pleine et grave, celle d'un homme qui a trouvé son centre depuis longtemps. Sur ses gardes aussi.

— Qui êtes-vous ?

C'était lui, elle en était sûre. La voix était familière. Elle eut envie de chanter, de répondre : « Je m'appelle Mary Poppins. » Ils s'étaient retrouvés.

— Je suis au cœur de votre histoire, grande, mince, cheveux noirs courts, bouclés, yeux bleus. Je peux vous aider. Je vous attends au « Train Bleu », dans une demi-heure.

— Je ne pourrai pas y être avant six heures et demie.

— D'accord comme ça.

Elle raccrocha.

Martin resta immobile, le téléphone à la main.

Une femme, l'idée d'une femme au milieu de tout cela ne lui chantait guère. S'ils étaient plusieurs, la mise en route ne se ferait pas comme prévu. Et s'ils appelaient si vite, c'est qu'ils voulaient quelque chose. Mais quoi ?

Tuer deux fois pour exercer un chantage était l'idée d'un maniaque. S'ils étaient plusieurs, le jeu n'en valait pas la chandelle. Ou alors il lui manquait des éléments.

L'heure tournait. Il avait encore beaucoup à faire et il quitta rapidement la cabine, ratant de peu l'appel de Claude, dont ce n'était décidément pas le jour.

Claude avait commencé par retourner dans tous les sens, sans le résoudre, un problème lancinant : du bar à l'hôtel, il n'y avait qu'un pas que la police pouvait sans peine franchir, mais s'il quittait l'hôtel, comment Anne le retrouverait-elle ?

Puis il se demanda si on ne lui avait pas tendu une souricière dans le café même et il regarda le patron qui dut lire sa crainte dans ses yeux car il répondit comme à une question muette :

— J'ai dit qu'on t'avait pas vu depuis des mois, que t'étais parti en laissant une ardoise longue comme un jour sans coke et que tu étais très coincé sur les mœurs sexuelles de tes contemporains. Je sais, mon chou, je suis génial.

A l'autre bout du bar se tenait une créature extraordinaire, immense, baraquée, sans taille, mais les sourcils épilés en arc de cercle parfait, l'œil discrètement mascarisé, les cheveux tirés en une minuscule queue de cheval laissant voir l'arrondi du crâne qu'ils avaient du mal à recouvrir entièrement. Elle était habillée d'une robe à fleurs informe et de ballerines de grande taille.

Plongée dans le journal, elle lisait les petites annonces à haute voix, s'amusant à donner des connotations sexuelles aux messages les plus anodins.

Claude entendit tout à coup :

« Mourir le jour de votre naissance... »

Il contint son envie d'arracher le journal des grosses pattes aux ongles rouges qui le tenaient serré.

— Faites voir... ça, au moins, c'est original !

Après s'être bien esclaffé, la lectrice-lecteur tendit le quotidien à Claude qui parcourut l'annonce, regarda l'heure... il lui restait un quart d'heure pour appeler.

Il se pencha au-dessus du comptoir et chuchota à l'oreille de son copain :

— Merci, je te revaudrai ça...

Il l'embrassa sur l'oreille et sortit sans voir l'afflux de sang envahir le visage du taulier.

Il entra dans un autre café, se précipita au sous-sol, composa le numéro qui retentit, retentit, retentit en vain dans son oreille.

Il avait affreusement chaud. Il remonta en courant, alla acheter le journal au kiosque, redescendit, recomposa le numéro qu'il avait sous les yeux... Martin ne l'avait pas attendu. Mais Martin voulait le voir, Martin faisait les premiers pas, il demandait le cessez-le-feu et il avait eu une idée simple, si simple, parfaite... Claude ne pouvait pas imaginer d'attendre jusqu'au lendemain. Il voulait parler avec Martin, avec la voix de Martin, que le journaliste reconnaisse sa propre voix, découvre son double et, effaré, lui propose de tout recommencer, de repartir à zéro.

Claude avait l'intention d'être honnête. Il acceptait l'éventualité d'une explication, d'une justification admissible. Il était prêt à entendre Martin. Il avait le sens de la justice.

Que faire maintenant ? Prendre le risque d'aller à l'hôtel ? Les documents importants étaient à l'abri dans une consigne, mais le journal, les papiers du commandant...

Ou alors, aller directement chez Maryse et le surprendre. Vous avez trouvé mon message, vous y avez aussitôt répondu. Eh bien me voilà, moi aussi, promptement.

Avait-il besoin d'Anne maintenant qu'il n'était plus seul ?

Anne exécute une petite danse rituelle sur le boulevard Magenta et décide d'aller se changer dans sa garde-robe personnelle, à la consigne de la gare de Lyon.

Oscillant entre la femme fatale et une note carrément sexuelle, elle choisit finalement un long et large pantalon terminé par des bretelles asymétriques sous lequel elle a enfilé, en toute simplicité, un tee-shirt blanc.

Elle tient Martin Gordes dans le creux de la main, mais elle ne le lui dira pas tout de suite. Qu'il la choisisse d'abord, qu'il lui prouve que le hasard ne commet jamais d'erreur et que si Ricardo avait eu plus confiance en la vie et en elle...

Elle entre dans une parfumerie et se fait vaporiser d'un parfum lourd et sucré qu'elle ne connaît pas, avant d'aller flâner dans les entrepôts de Bercy dont elle veut garder l'image avant leur disparition définitive.

Martin entendait bien que la femme allait rentrer des courses et que le mari ignorait de quel paquet il s'agissait, oui un paquet, mais lequel et à qui ?

— Oui, *aqui*, répondit Martin en indiquant l'appartement à la porte duquel il restait obstinément. Parce que je suis PRESSÉ, vous comprenez.

Indiquant sa montre :

— RENDEZ-VOUS ! EN RETARD !

— Oui, oui, elle vient, répondait imperturbablement le cerbère.

— Bon, finit par soupirer Martin. Je vais au café d'à côté, d'accord ? A côté !

En attendant la femme de ménage, il décida d'ajouter quelques instructions à Rose et se retrouva en train de rédiger une vraie lettre urgente et sentimentale qui lui donna de la force.

Peut-être commençait-il à comprendre une ou deux choses ?

— Vous êtes l'ami de Rose Deschamp ? l'interrompit une voix interloquée.

La femme de ménage était devant lui, un paquet à la main.

Il lui sourit, ce qui ne sembla pas la rassurer, échangea son enveloppe de notes contre le paquet et la laissa ressortir avant de jeter un œil sur les alentours du café et de sortir à son tour.

CHAPITRE ONZE

Le jeune homme ressemblait un peu à Jean-Paul Sartre, strabisme en moins. Il s'était installé à la terrasse couverte du café de la place Jules-Joffrin avec la presse du jour et parcourait un article dont le gros titre annonçait :

« Le journaliste ami des ministres était un pervers. » Quant au sous-titre, il précisait : « Une jeune prostituée dont nous respecterons l'anonymat raconte. »

On arracha brusquement le journal des mains du paisible lecteur qui s'insurgea :

— Mais enfin, rendez-moi ça !

Une voix enjouée et rauque répondit aimablement :

— Bien sûr. Tenez ! Je peux... ?

L'inconnu s'était déjà assis face au jeune journaliste stupéfait qui reconnut enfin Martin Gordes.

— Je comprends qu'ils aient du mal à vous retrouver.

— J'ai des antécédents, vous savez ...

— C'est ce que j'ai appris... S.G.D.E. de 58 à 64. Ne vous affolez pas. Je crois qu'on a voulu me faire entendre que tout n'était pas publiable. J'ai été laissé seul dans un bureau avec, à portée de main, un dossier très complet vous concernant. Une initiative particulière à mon avis, en tout cas voulant paraître telle.

— De toute façon, ce n'est pas pour ma précieuse personne. C'est pour protéger leurs arrières. Ce qu'il leur faudrait c'est une bavure policière...

Bertrand se mit à rire. L'hypothèse lui paraissait romanesque, mais Martin insista qu'il était la seule preuve de son passé. Il n'y avait rien de tangible en dehors de lui.

— Racontez-moi tout et je deviens votre garantie.

— Je suis tenu par le secret, mon petit Bertrand.

— Plus maintenant.

— Au contraire. Pour mon intérêt et ma sécurité.

Bertrand plissa le front d'un air comiquement désespéré :

— Vous savez, plus j'avance, plus je découvre de justifications à cette antipathie spontanée que j'ai toujours eue pour vous. Ce ton paternaliste, votre passé de militant lycéen d'extrême droite, s'engageant logiquement dans les commandos Delta, pour vous retrouver aujourd'hui chez vous dans les couloirs du gouvernement...

Martin souligna ironiquement qu'il se sentait toujours un peu monarchiste. Puis, nonchalamment, il s'enquit :

— Pourquoi êtes-vous là, au fond ?

— Parce que vous êtes innocent et qu'il y a dans votre affaire matière à papiers. Et vous ?

— Parce que j'ai besoin d'informations.

L'intérêt de chacun bien défini, ils se mirent au travail.

Bertrand était persuadé que la police gardait le couvercle vissé et qu'il n'avait été laissé seul dans le bureau avec le dossier sur Martin que parce qu'il en savait déjà long sur les résultats de l'enquête. Il était au courant, par exemple, qu'une photo de Martin au milieu d'un groupe d'hommes appartenant au commando Delta avait été trouvée chez Françoise.

— Comment ? Qui est votre source ? demanda Martin que les méthodes de travail ont toujours intéressé.

— Nous avons tous nos secrets indivulgables... répondit Bertrand avec un sourire de chat.

Les deux hommes s'irritaient dermatologiquement en quelque sorte.

A part ça, leurs analyses respectives de la situation se rejoignaient. L'idée d'un chantage mis en place brutalement semblait plausible... mais pour obtenir quoi ? Aucune exigence ne s'était encore fait jour.

S'il s'agissait de griller Martin, le moteur justifiant un tel acharnement restait mystérieux.

Des anciens de l'O.A.S. cherchant à se venger ?

Avec un léger sourire, Martin affirma qu'il n'y avait pas eu de survivants parmi ceux qui auraient pu connaître... l'identité de ses vrais employeurs.

— Et vos convictions à vous ?

— Je n'en ai pas. La réalité est trop mouvante, trop compliquée pour ça. Mais peu importe. Si mon appartenance à l'O.A.S. devenait publique, elle entraînerait la divulgation d'actes dont je porte la responsabilité et qui sont aujourd'hui injustifiables. Enfin... ceux qui pourraient les justifier sont bien en place et ils affecteraient l'ignorance.

La seule solution qu'envisageait Martin était de neutraliser les éventuels documents ou preuves que possédait son adversaire, avant de livrer ce dernier à la justice, émasculé en quelque sorte...

— Pour ce qui est du premier meurtre, la police doute sérieusement de votre culpabilité.

— Je dois dire que c'était assez naïf comme mise en scène...

Le regard pensif de Bertrand interrompit Martin. Le jeune homme baissa les yeux, hésita, releva soudain la tête :

— Pour ce qui est du deuxième...

— C'est moi qui ai découvert le corps de Françoise, vous savez.

Martin resta sec et cette sécheresse même l'emplit de honte, ce qui était paradoxal. Il avait toujours eu le réflexe douteux de penser que la mort des autres n'était pas la sienne. La mort de Françoise n'était pas la sienne. C'était un motif de soulagement.

Ce sentiment le gênait, non pas comme la démonstration d'une pensée immorale et impubliable, mais parce qu'il contrariait une certaine idée nihiliste qu'il espérait avoir de la vie et donc de sa personne.

Bertrand prenait des notes sur le bord de la table et Martin raconta les circonstances dans lesquelles il s'était rendu chez Françoise.

Il l'informa incidemment de la disparition de ses papiers, jugeant qu'un témoin pourrait lui être utile par la suite.

Il sentait bien que Bertrand le jugeait du haut de sa jeunesse. Il ne manquait au jeune journaliste pour le comprendre que le temps et l'expérience qui obligent à considérer la réalité au lieu des principes.

Il y viendrait. Inévitablement.

Martin commençait à éprouver de l'affection pour lui. Il réussissait à lui parler, ce qui n'était pas rien et son hostilité avait quelque chose de plus confortable que bien des protestations d'amitié. Il l'aidait pour des raisons précises, pas pour se débarrasser d'un ami encombrant comme font les proches.

La vérité est que Martin avait à nouveau un public, lui qui est incapable de se définir seul.

Il crut même comprendre, dans sa mansuétude nouvelle, la raison de l'hostilité de Bertrand. Il pensa : nous sommes deux représentations opposées de l'espèce mâle et il ne peut que m'envier la mienne, ce jeune homme intelligent, certes, mais ingrat.

Seulement, voilà, Martin n'a pas les moyens de comprendre quelqu'un d'aussi radicalement différent de lui que l'est Bertrand.

Lequel se fiche de son apparence et, sans s'aimer outrageusement, cohabite assez heureusement avec lui-même pour aimer les femmes et s'en faire des amies, car il déjoue d'instinct tous les pièges de l'insécurité masculine.

Martin aurait été très contrarié d'apprendre que Bertrand l'a toujours comparé à un instrument à vent, sans méchanceté, mais avec mépris.

Quant au jeune homme, dans l'affaire Gordes, il voyait la possibilité de réfléchir, à travers le parcours d'un individu, à l'évolution des Français et de la France sur quarante ans d'histoire. Quarante ans d'un déclin annoncé.

L'inconnu de l'ombre voué à la mort ne le concernait pas. Mais Martin survivrait. En ce sens il était bien représentatif des Français. En ce sens, il intéressait Bertrand, mais n'aurait su l'émouvoir.

Satisfait d'avoir trouvé le moteur de son confrère, raffermi dans son narcissisme garant de sa survie, Martin attendait la suite.

Levant la tête, Bertrand lui proposa :

— Il faudra que vous me racontiez votre vie un jour.

— Voilà ce qui nous sépare, mon vieux. Vous êtes attiré par le passé quand je ne pense qu'à l'avenir.

Bertrand, imperméable à l'ironie, se contenta de hocher la tête et, en attendant, demanda s'il pouvait poser quelques questions.

Après un rapide coup d'œil à sa montre, Martin acquiesça.

Rose longeait la rue Meslay derrière les deux jeunes femmes en minishorts, cuissardes, bas résille et bustiers de vynil qui ne passaient pas inaperçues depuis qu'elles avaient quitté leur trottoir à Strasbourg-Saint-Denis. Une rousse, une blonde qui, sans leurs tenues, auraient pu être deux copines en balade pouffant comme d'autres gamines de leur âge.

Elles descendirent une impasse en escalier, tournèrent dans une petite rue et entrèrent dans un magasin mi-fripe, mi-brocante.

C'était un bric-à-brac organisé et poussiéreux, où la décoration se mêlait à la marchandise dans un tohubohu de matières et de couleurs : fleurs et fruits en plastiques, galons mordorés, tissus brodés, bijoux de pacotille agrafés au mur, coussins entassés, portants ployant sous les cintres chargés, vaisselle dépareillée.

Mais avenant, on ne savait par quel miracle.

Les filles montèrent au premier en habituées et commencèrent à fourrager dans des malles remplies de linge brodé, de taies d'oreiller en dentelles et de chemises de nuit virginales.

Rose comprit que la blonde venait de déménager et s'installait dans ses meubles. Elle voulait « un max de broderie anglaise ».

La vendeuse délaissa son fer à repasser pour les rejoindre. Les joyeuses clientes s'excusèrent d'être venues en tenue de travail, mais le temps leur manquait. Elles ne disposaient que de trente minutes.

Rose, du rez-de-chaussée, entendait tout.

Elle choisit deux robes et monta les essayer.

La vendeuse lui déplia un paravent orné de roses, justement, et débarrassa le grand miroir des foulards et autres boas qui l'obstruaient.

Tout ça à cause de Sonia dénichée à son poste devant une porte cochère près de Vavin, le matin même.

D'emblée, Rose crut s'être trompée car Sonia était vieille, sans le moindre artifice compensatoire. Il aurait été difficile de lui donner un âge, mais son long corps sec et triste sentait l'usure, son visage était peu maquillé et arborait les sillons d'une existence morne. Elle portait des vêtements sévères et suintait la fatigue. Intuitivement, Rose sentit qu'il valait mieux ne pas utiliser la recommandation de Jo Cortez fournie par Martin.

Elle dit la vérité, enfin ce qui était le plus proche de la vérité, qu'elle était journaliste, qu'elle enquêtait sur la disparition de Suzanne et que si Sonia voulait bien lui parler, elle la dédommagerait de son temps et lui garantirait l'anonymat.

— Combien ? demanda d'abord Sonia. De toute façon, c'est très calme aujourd'hui. Attendez-moi, je vais mettre un mot à Robert.

Vite revenue, elle demanda à ne pas trop s'éloigner de son turf, et les deux femmes entrèrent dans un café d'étudiants, juste avant le Luxembourg, à cinquante mètres de son lieu de travail. Personne ne semblait la connaître. Sonia, de toute façon, n'avait rien de remarquable.

Elle expliqua que Robert était son ami et qu'il avait tendance à s'inquiéter s'il ne la voyait pas. C'était une façon d'annoncer la couleur : elle était protégée et son temps valait de l'argent.

A part ça, elle était ravie de parler de Suzanne qu'elle avait toujours admirée, la seule vraie indépendante qu'elle ait jamais connue.

— Courageuse... Elle s'en laissait pas conter...

Elle était toujours aussi épatée que Suzanne ait pu la choisir comme copine. Leur seul point commun était qu'elles venaient toutes les deux du Nord...

— Pourtant, c'était pas une nostalgique, Suzanne. Quoique... quand j'ai vu débarquer son mari... vous m'auriez renversée d'une pichenette. Mariée, Suzanne ! Et elle écrivait à son ex tous les mois. Croyez-moi, les gens, on en fait jamais le tour. Il voulait tout savoir, mais je lui ai pas dit la moitié. Juste qu'elle avait rencontré un type qui l'avait sortie du circuit. Elle m'appelait en cachette de temps en temps pour dire comme elle était heureuse. Si vous voulez mon avis, elle le répétait tellement parce qu'elle avait besoin de s'en convaincre. Y a qu'à voir comment elle a fini. Qu'est-ce qu'elle faisait chez ce journaliste, à part bosser ? Elle était retombée à plat ventre dans le système, oui ! Et je dis à plat ventre pour être polie.

Sonia était en colère.

Rose en profita pour glisser une question qui lui brûlait les lèvres : et Sonia, n'avait-elle jamais eu envie d'arrêter, elle aussi ? Ce n'était pas trop difficile de durer, avec la concurrence et tout ça... ?

Elle n'osait pas poser la question brutalement, mais Sonia la posa elle-même :

— Vous me trouvez pas sexy ?

Elle éclata de rire, ce qui lui ôta aussitôt dix ans. Et, jouant tous les rôles, elle raconta ce jour de novembre morose qui la fit changer de registre. Un client fort banal était monté avec elle, la quarantaine soignée, l'œil furtif, le souffle court. Et voilà qu'il s'était mis à la gronder, mais gronder, comme une enfant, tout en l'appelant « madame », disant qu'à son âge, ce n'était vraiment pas bien de s'habiller comme une dévergondée.

Elle l'imitait, hochant la tête et répétant d'une voix métallique qu'il savait que ce n'était pas bien, vraiment pas bien du tout ce qu'ils étaient en train de faire, tout en la reboutonnant, en lui enlevant son rouge, avant de la laisser enfin faire son boulot.

Ça lui avait mis la puce à l'oreille et elle avait découvert un inépuisable filon de clientèle qui avait du goût pour les vieilles, et pour des raisons qu'on se passerait bien d'entendre.

— Y aurait un livre à écrire, je vous jure, avec les zozos qu'on rencontre. Et pour en revenir à Suzanne, elle avait dû s'en dégotter un drôle, de zozo. C'était trop beau aussi, son Claude, si gentil, si tout ça, qui était sur un gros coup et ils allaient partir refaire leur vie ailleurs. Et comme c'était Suzanne, j'y ai bien cru un peu. Total...

Sonia était embêtée d'avoir peut-être trop parlé à Roger, le mari, qui avait l'air bon garçon. Pourvu qu'il n'aille pas faire de bêtises. Le malheur, il y en avait suffisamment pour qu'on ne s'amuse pas à en remettre.

Heureusement, elle n'avait jamais su le nom de famille de Claude. Et sa seule information, elle ne l'avait confiée à personne, surtout pas à lui : avant Suzanne, Claude avait fricoté avec une autre fille plus jeune.

Voilà pourquoi Rose se retrouvait à essayer des robes à frous-frous dans un capharnaüm sentant l'encens. A cause de la rousse, celle que Claude avait fréquentée avant Suzanne.

— Oh, je ne sais pas, soupira-t-elle devant la glace. Qu'est-ce que vous en pensez ? ajouta-t-elle en se tournant vers les deux jeunes filles.

— Franchement ? Pas terrible.

— Oh, merci, c'est ce qu'il me semblait.

De conseils, en commentaires, en rigolade, il fut facile de lier connaissance.

Et à leur parler, comme ça, Rose exprima soudain l'idée de faire un article sur les deux jeunes filles pour son magazine *Elle*.

Rendez-vous fut pris, non pas le soir même, parce que après le boulot, il y avait les courses à faire, le trajet pour rentrer etc. Non, plutôt le matin avant de s'y mettre.

Rose fut bien obligée de prendre son mal en patience.

Et elle acheta la robe à volants parce qu'elle a toujours été incapable de résister à l'insistance des vendeuses, alors qu'elle est redoutable et redoutée dans ses activités professionnelles.

Anne attend en rêvant, dans ce séjour propice aux rêves qu'est le « Train Bleu. » Les dorures, les peintures, le service feutré et, toute proche, la rumeur des départs...

C'est un autre temps, un autre lieu.

Elle est enfoncée dans un gros fauteuil. Devant elle, sur la petite table ronde, une coupe de champagne. Elle n'aime pas vraiment ça, mais elle ne veut pas déroger aux clichés ambiants.

Il arriva par l'escalier donnant sur le quai et elle eut peur qu'il ne s'enfuie. C'était imperceptible : son regard parcourait la salle par petits bonds, il gardait les jambes légèrement fléchies, souples. Il redoutait le piège.

Il avait immédiatement croisé son regard, avant de le lâcher pour son inspection des lieux.

Elle resta tranquillement assise et attendit.

Il la rejoignit enfin, s'assit en face d'elle et la regarda bien en face. Elle lui tendit la main :

— Je m'appelle Anne Andrieu.

Un garçon s'était approché et il commanda un jus d'orange.

Quand le garçon se fut éloigné, il demanda :

— Qu'est-ce que vous voulez ?

— Rien. Je ne veux rien, à part vous connaître.

— Hein ?

— Disons que je trouve votre vie plus intéressante que la mienne.

Il haussa les épaules, agacé.

— Vous avez parler de m'aider.... Qu'est-ce qui vous fait penser que vous pouvez ?

— Un jeune homme vous nargue et vous poursuit. Vous l'avez croisé sans le voir plusieurs fois, mais lui sait tout de vous.

— Vous parlez toujours comme une cartomancienne ?

Anne se tut, boudeuse.

— Vous avez parfaitement le droit d'avoir vos humeurs et c'est terrible de s'ennuyer dans la vie. Vous êtes jolie, c'est très rigolo, ce pantalon que vous portez, mais vos simagrées me font perdre mon temps. Alors, si vous avez quelque chose à me dire, des propositions à me faire, allez-y.

Anne était affreusement vexée. Il n'avait même pas l'air épaté qu'elle sache qui il était. Elle le trouvait toujours émouvant avec sa sale gueule trafiquée, ses cheveux mal rasés et ses vêtements grotesques. Se rendait-il seulement compte qu'on ne l'aurait même pas servi s'il avait été seul ?

Elle regarda pensivement ses yeux clairs et brutaux. Elle sentit l'absence totale de vibrations dans l'air et décida de relever le défi. C'était l'occasion rêvée de mettre à l'épreuve sa théorie de la réciprocité : tout sentiment vrai entre deux personnes est forcément partagé.

Puisqu'il était une promesse pour elle, elle le serait pour lui aussi :

— Je peux vous emmener à l'endroit où habite le jeune homme qui vous poursuit. Après, vous ferez ce que vous voudrez...

Elle allait contre toute sa morale personnelle, uniquement pour qu'il la croie et la suive. Il lui laissa payer les consommations et ce n'était pas une démonstration de faiblesse, mais, au contraire, le moyen qu'il avait trouvé de l'assujettir immédiatement.

Anne décida de s'en réjouir...

Elle se réjouit aussi des regards désapprobateurs qui accompagnaient leur improbable couple.

Les hommes pas sortables, les mal habillés, les vulgaires, les sales gueules avaient toujours eu une chance supplémentaire de durer dans la vie d'Anne.

Dans la série, Martin Gordes ne faisait pas mauvaise figure. Ricardo avait été hors catégorie dans le genre. Ricardo avait été hors catégorie dans tellement de domaines...

— Si vous voulez prendre un taxi, moi, je n'ai pas d'argent pour payer, dit Anne pour rétablir un semblant d'équilibre.

— On prend le métro.

Anne sentait encore sa méfiance. Ils s'assirent face à face dans la rame et elle ferma les yeux. Il avait le droit de disparaître.

Elle se mit à chantonner et il se dit qu'il était vraiment mal tombé. Il détestait les voix flûtées, les comportements incongrus, les ingénues en général. Elle avait l'air très jeune. Elle était hors réalité. Il n'arrivait pas à se méfier de ses intentions, mais de ce qu'elle était, oui.

— Comment avez-vous décodé mon annonce ?

— La Butte, le « Village » et La Motte-Piquet, avouez que ce n'était pas sorcier. Vous voulez que je vous raconte ?

Et elle dit tout, depuis le premier jour au « Village » jusqu'à aujourd'hui, exhibant à la fin la lettre recommandée adressée à madame Beaujour.

Elle ne garda aucune arme, aucun moyen de pression, si ce n'est dans la tournure de sa conclusion :

— Il m'a choisie. C'est un instrument familier. Et cette lettre l'accable.

— Elle l'accablerait si on la trouvait sur lui.

Dépitée, elle reprit l'enveloppe.

Martin la croyait. Il ne s'étonnait jamais d'être aidé par la vie. Et pour le moment il n'avait pas le choix.

Il accepta aussi de l'attendre chez Guerrisold tandis qu'elle partait devant en éclaireur. Pauvre parmi les pauvres, il ne risquait pas de se faire remarquer.

Elle se sentit angoissée dès qu'elle mit le pied sur le boulevard. Elle n'arrivait pas à identifier cette sensation qui la tracassait et qui se précisa à l'approche de l'hôtel : ça sentait le danger, ça sentait le flic.

Elle revint sur ses pas, retraversa le boulevard et chercha Martin des yeux dans le grand magasin encombré. Avant même de le voir, elle reconnut sa présence, son épaisseur qui bousculaient l'espace proche. Elle retint son souffle de plaisir.

— Changement de programme, chuchota-t-elle. Ça sent la descente de flics. Je vais aller y voir mais donnons-nous rendez-vous loin d'ici.

— Une intuition ? Une mise en scène ? Vous vous donnez des émotions ?

Elle se tourna vers lui pour qu'il voie bien le reproche dans ses yeux, mais elle rencontra une bouche fermement close, isolée dans l'air comme un fruit abstrait qu'elle avait envie de goûter.

Elle se hissa sur la pointe des pieds et l'embrassa.

« Bon, il résiste », se dit-elle en redescendant sur terre.

Haut elle ajouta :

— On peut se retrouver à la buvette de la gare Saint-Lazare. Je vais voir ce qui se passe.

Elle sortit sans un regard en arrière. Elle se dit que ce devait être un traditionaliste, qu'il ne fallait jamais oublier que chaque génération fabrique son nouveau cliché amoureux. Avec Martin, ce serait, rôles bien établis, retournements connus, surprises attendues. Le pantalon était une erreur. Corrigible. En amour, elle se faisait caméléon. Après tout il s'agissait de vaincre.

Elle revint à la réalité en voyant la voiture noire banalisée arrêtée devant l'hôtel et tous ces petits bonshommes qui entraient et sortaient comme des fourmis apportant leur quote-part au butin commun.

Les patrons étaient en grande conversation avec deux hommes quand Anne entra, affolée :

— Qu'est-ce qui s'est passé ?

La patronne dit aussitôt :

— C'est la jeune fille dont je vous ai parlé.

Anne croisa le regard d'un des deux hommes qui lui sourit :

— Mademoiselle Andrieu ? Je peux vous parler ?

— Montons dans ma chambre, lui répondit-elle sans le quitter des yeux.

— Si vous voulez.

La porte de Claude était grande ouverte sur une pièce apparemment vide mais soumise à une fouille réglementaire.

Deux sentiments contradictoires se cognèrent dans la tête d'Anne. Le soulagement qu'il leur ait échappé et le découragement car elle n'avait aucun moyen de le retrouver.

Elle ouvrit la porte de sa chambre, s'assit sur le lit et, tournant son visage grave et attentif vers le flic, elle dit :

— Voilà. Que voulez-vous savoir ?

Claude ne se doutait pas qu'il avait échappé à la souricière de peu. Il était rentré à l'hôtel, avait précipitamment rangé ses affaires, son journal retrouvant sa place dans la boîte en fer cadenassée. Il payait toujours une semaine à l'avance. Il se contenta de laisser un mot aux patrons pour annoncer son départ. Ils étaient, à leur habitude, invisibles. Anne n'était pas venue.

Il se demanda quel signe il pourrait laisser sans se compromettre, mais son moteur interne commençait à s'emballer et sa fébrilité n'avait jamais été bonne conseillère.

Il marcha rapidement jusqu'à Pont-Cardinet, rêvant d'une rencontre inopinée avec Anne, et essaya de réfléchir à la suite.

« C'est normal qu'ils me lient à Suzanne. Ils ont juste été rapides. De toute façon, entre nous, ça n'a jamais été officiel. Personne ne me connaît de ses amis. Ma force : je suis seul... Personne ne nous a même jamais vus ensemble, Suzanne et moi...

« Ou si peu, et alors ? On n'a pas le droit de prendre un verre avec une vieille copine ? Ça me servait pour mon roman. Mais oui, j'écris. C'est pas mal avancé, merci. Là, j'ai pris un peu de retard, mais on n'est pas des machines. A Anne je pourrais lire des extraits, savoir ce qu'elle en pense. Qu'est-ce qui m'empêche de téléphoner à l'hôtel de temps en temps ? Tout a marché jusqu'à présent, il n'y a pas de raison. Je n'ai jamais eu de chance. Je ne vois pas pourquoi le destin tournerait tout à coup. Martin est après moi. L'annonce est un piège. Il va me retrouver. Il n'a aucun moyen de me retrouver. Personne. Personne ne peut rien contre moi. Il n'y a pas de preuve. A part mon roman, mais ils vont encore dire que c'est un journal... Bon sang, ça se voit pourtant que c'est de la fiction. Si je disparais là, maintenant, personne ne peut me retrouver. Ce serait un sale coup à leur jouer. Comment ils se débrouilleraient sans moi ? Je vais publier ma bombe et *ciao* la compagnie !

« Non, Martin ne s'en sortira pas à si bon compte. En période de crise, creuser le sillon, ne pas inventer de nouvelles formules. Plus que jamais s'en tenir à ce qui a été décidé. Comme disait le commandant : "Le repli, c'est la défaite assurée." Donc, je continue. »

Il alla jusqu'à la consigne de la gare Saint-Lazare où il déposa ses bagages. Dans la rue, il se sentit nu et exposé. Il avait pour seul viatique une fiche couverte d'adresses et de téléphones.

Il s'immobilisa au milieu de la salle des pas perdus. Il fallait détruire le journal. C'était l'unique preuve de ce qu'il avait accompli, c'était l'unique preuve de son existence. Autant se flinguer tout de suite. Il était à égalité avec Martin maintenant. Ni refuge ni ami, seul dans la ville, mais il connaissait l'adresse de Martin.

Il fallait qu'il continue de se parler, sinon il allait devenir fou. Pourquoi l'avait-on chassé de chez lui ? C'était terrible de ne pas pouvoir rentrer quelque part, échanger quelques mots avec une personne qui sait au moins votre nom, enfin un nom plausible auquel on peut répondre. Toutes ces choses qu'il avait dans la tête, toutes ces idées que personne ne connaîtrait jamais.

Il fallait joindre Anne absolument. Elle risquait de croire qu'il avait quitté l'hôtel pour la fuir. Il laisserait un message sous un autre nom. Elle comprendrait.

L'hôtel répondit à la première sonnerie. C'était bon signe.

— Je voudrais parler à Anne Andrieu.

— C'est, c'est vous... monsieur Rolland ?

Un grand silence en écho au sien.

— Non, non, je m'appelle François Marron.

Il lui sembla entendre chuchoter en arrière-plan.

Puis la voix d'Anne très réservée :

— Oui ?

— C'est moi.

Elle eut un moment de panique. Martin ou Claude ? C'est cela qui la troublait depuis le début. Leurs voix si semblables quand ils l'étaient si peu.

Est-ce qu'ils écoutaient la communication en bas ?

L'un ou l'autre, il fallait les prévenir.

— François, je suis désolée. J'ai totalement foiré. Les questionnaires m'ont toujours paniquée. Et puis, ce n'était ni le bon jour ni le bon endroit, mais merci pour votre mot. J'y serai ce soir. Au revoir.

Elle raccrocha. Maintenant, c'était sûr, elle serait suivie. Un problème supplémentaire.

L'envie de laisser tomber purement et simplement, et même de tout raconter à ce gentil interrogateur qu'elle regardait à nouveau de son œil placide, surgit, tentante.

Martin serait sauvé, Claude arrêté.

Mais ce serait aller à l'encontre de sa seule justification à l'existence.

Et Anne ne prit pas la décision qui aurait pu lui sauver la vie.

CHAPITRE DOUZE

Claude resta un moment dans la cabine, les mains moites. Il lui semblait que le grand type là-bas, plongé dans son journal, lui jetait des coups d'œil furtifs.

Anne avait essayé de lui dire quelque chose. Elle ne pouvait pas parler. Selon toutes probabilités, les flics étaient là. Et s'ils avaient laissé quelqu'un près de l'hôtel pour le filer... Ils l'auraient déjà arrêté. Elle avait un sang-froid magnifique et elle le protégeait. Il n'était pas si seul.

Et puis les flics allaient trouver les papiers de Martin sans qu'il ait eu à s'en mêler. Allons, tout allait bien.

Deux femmes passèrent, dont l'une le regardait en parlant. L'autre éclata de rire. Claude tourna le dos à sa paranoïa et composa un autre numéro.

Un répondeur se mit en route :

— Hé oui, je suis en vacances mais de retour bientôt et vos messages me feront plaisir quand je rentrerai. Bisous.

Au moins de ce côté, les choses étaient claires...

Voilà qui lui éviterait une nouvelle opération ponctuelle. Pas plus mal, car il se sentait un peu fatigué.

Que faisait Martin en ce moment ? Logiquement, que fait Martin en ce moment ?

Il s'est réfugié chez Maryse. Tous ses amis se sont défilés. Il a passé l'annonce parce qu'il souhaite une trêve et/ou parce qu'il souhaite piéger Claude. Il n'ira pas à la police parce qu'il sait maintenant ce qu'il risque.

Il veut parlementer.

Il est affreusement déçu de ne pas avoir reçu de réponse à son annonce. Ou il n'a pas pu se trouver à la cabine à l'heure dite.

Il attend de pouvoir y retourner demain à la même heure.

Il fallait dormir. Il allait rejoindre Anne ce soir et plus rien ne les séparerait jamais. Il a oublié ses médicaments à la consigne mais ça ne fait rien. Il va dormir parce qu'il est calme. Anne est revenue, elle sait, elle est de son côté, il ne sera plus seul, elle ne sera plus seule. Cela suffit.

— Il ne m'a jamais touchée. Il était réglo. Il me payait mais il ne m'a jamais touchée. Tu te rappelles, je t'avais raconté.

— Ça, c'est des mauvais coups pour nous, parce qu'ils ont envie de parler et parler prend du temps. Et il n'y a pas de supplément pour ça.

— Alors bien sûr, il voulait qu'on sorte ensemble. Mais c'est pas recommandé. Après on s'en sort plus.

— Et avec quelqu'un comme lui, vous parliez de quoi ? demanda Rose.

Elle était chez Marilyn la blonde et Agathe la rousse complétait le trio. Pour plus de crédibilité, Rose avait emporté un petit magnéto et promis de leur faire lire l'article avant publication.

— On parlait surtout de moi en vérité, dit Agathe en pouffant. Il était gentil. Il voulait savoir d'où je venais, ma famille, mes amis, mais il n'était pas lourd.

— Il ne vous faisait pas la leçon pour que vous changiez de vie ?

— Non, mais c'était bizarre, quand il a vu qu'il n'avait rien à attendre de moi en dehors du boulot, il a complètement disparu. Je crois que c'était un illuminé, parce que, finalement, on n'a jamais baisé. Alors, le jour où je l'ai vu avec Suzanne, je suis restée comme deux ronds de flan. J'aurais pas fait attention si je l'avais pas connu. Je l'aurais pris pour un client. Non, d'ailleurs, deux fois. Je les ai revus ensemble. La dernière, je les ai vus sortir d'un magasin chic place des Victoires. J'aurais jamais cru qu'il avait les moyens.

— C'était son argent à elle, affirma Marilyn, sûre de son fait.

— Et des types comme ça, ils préfèrent rester anonymes ?

— Lui, il s'appelait Claude, point. Vrai ou pas. C'est utile un nom quand ils reviennent. Y en a, c'est le contraire, ils veulent pas que ça ressemble à une habitude. Mais lui, s'il avait pas payé largement, ça aurait pas duré. Les types comme lui comprennent pas qu'on a le choix, nous aussi. Et puis je sais ce que je fais. Je gagne mieux ma vie que beaucoup de femmes. Et je suis plus libre.

Rose laissa défiler la ritournelle connue, puis remit son sujet sur le tapis.

Un jour, Claude était venu en oubliant d'apporter de l'argent et Agathe, prenant très mal la chose, l'avait agoni d'injures et sommé de la régler sous peine de scandale. A son tour, il avait pris la mouche, le ton était monté...

— Mais j'ai pas eu trop la trouille, parce qu'à mon avis il avait pas les couilles, conclut Agathe.

Mais c'est ainsi qu'il avait été obligé de l'emmener à son hôtel, dont Agathe se souvenait très bien, où elle avait vu un coffre métallique dont il portait la clé en permanence autour du cou.

Rose pouvait être contente d'elle.

Elle s'étonnait seulement de l'indifférence des deux filles à la mort de Suzanne, qu'elles semblaient considérer comme un accident du travail. La naissance, la mort, le déroulement même de leur existence n'étaient que des accidents incontrôlables qui ne justifiaient pas de débordement sentimental. En ce sens, Rose se sentait plutôt proche d'elles. Si ce n'est qu'elle avait Martin, ou plutôt qu'elle risquait d'avoir Martin.

« Je suis une truie », pensa-t-elle, « prête à tout avaler si c'est de sa main et il ne le saura jamais. D'aucuns diraient que c'est ce qui est beau. Je dis que c'est ce qui est con. Martin ne m'a jamais touchée. Il sait de moi le strict minimum, juste de quoi presser les bons boutons au bon moment.

« Il m'a toujours fait miroiter des plans mirifiques, livre à quatre mains, enquêtes mixtes sur le terrain et, au bout du compte, j'avais parfois le droit de lui taper ses télex parce qu'il tape à deux doigts.

« Mais peut-être les temps vont-ils changer... ? »

Tout ce qu'elle faisait, en tout cas, ne tendait qu'à ce but.

« Cette fille se fout de moi. » pensait Martin. « Cela fait plus d'une heure maintenant. Soit elle est folle à lier, mythomane hystérique, soit elle est complice de l'autre et me roule dans la farine, mais pour obtenir quoi ? »

Il rongeait néanmoins son frein, parce qu'il était trop tôt pour appeler Rose et qu'il avait intérêt à obtenir des informations avant de rentrer chez Maryse. Quelque chose chez cette fille l'exaspérait...

Il sentit deux mains sur ses paupières, entendit la voix légèrement essoufflée :

— Pardon, ça a été plus long que prévu.

Il repoussa les mains, ne put retenir un claquement de langue agacé.

Anne savait bien : quand elle était émue par quelqu'un, elle devenait maladroite. Tel que c'était parti, quoi qu'elle fasse, elle allait l'énerver. Elle décida de se tenir.

Elle annonça que la police était à l'hôtel, mais que Claude avait disparu, qu'elle avait fait bien attention à n'être pas suivie, qu'elle l'avait été d'ailleurs, mais qu'elle avait semé son suiveur.

Martin en eut des suées. Elle ignorait sans doute que c'étaient des professionnels ?

Il retint les mots désagréables dont il avait envie de l'abreuver dès qu'il la voyait. Il se dit de ne pas paniquer, il était méconnaissable, il allait se lever très doucement, descendre dans le métro et disparaître.

— Si j'avais eu la moindre inquiétude, je ne serais pas venue jusqu'ici. Je suis entrée dans un magasin de lingerie. Je l'ai repéré et j'ai fait le coup du métro.

Si elle espérait des félicitations, elle en fut pour ses frais. Têtue, quêtant une quelconque approbation, elle acheva quand même son récit par le coup de téléphone de Claude.

— Il va venir chez moi, entre neuf et dix, enfin chez mes parents.

— Eh bien, parfait, amusez-vous bien.

— Mais c'est pour vous que je fais tout ça.

— Cela vous regarde. Je ne vous ai rien demandé. Une seule chose me serait utile, c'est de pouvoir examiner ses documents, ses photos. Or il ne va certainement pas vous les apporter. Et moi j'ai à faire et pas de temps à perdre.

Anne le retint, s'efforça de le convaincre de rencontrer Claude à sa place. Martin remonta la rue d'Amsterdam dans un état de scepticisme avancé.

Une confrontation, au lieu, à l'heure choisis par eux, cela ressemblait à un piège. Mais il risquait quoi ? Se faire descendre ? C'était peu probable. Et s'il avait l'avantage de la surprise... Si elle disait vrai... Il pouvait déjà vérifier deux points.

Il entra dans une poste, appela l'ancien hôtel de Claude et demanda à lui parler. Au long silence qui suivit, à la gêne de son interlocuteur, il conclut que la police avait laissé des instructions.

Il appela ensuite chez monsieur et madame Andrieu, à l'adresse donnée par Anne. Il échangea quelques phrases avec la mère, en se présentant comme un ami d'Anne. Une femme simple et naturellement apeurée. Qu'importait ? Moins il aurait affaire à la fille...

Chez Maryse, il s'allongea sur le lit, mains croisées derrière la nuque, et ferma les yeux sur du vide.

Il sentait la masse froide du pistolet dans sa ceinture, une sensation qui ne l'avait jamais exalté.

Il essayait de penser raisonnablement. Il s'agissait de sa vie après tout. Une mort d'homme contre une vie d'homme, le plus vieil échange du monde.

Il avait tué en uniforme, en situation de guerre, c'est-à-dire comme dans un crime passionnel. On ne tuait pas à froid, mais à chaud des amis tombés, à chaud de l'excitation sportive d'avoir réussi un tir difficile. Mais ce jour-là, il s'agissait bien d'un meurtre. On lui avait donné la photo d'un homme, un horaire, une adresse. Il devait l'abattre dans le dos de préférence, et il ne pouvait ni s'excuser, ni mentir, ni plaider l'impossibilité : il était encadré par deux témoins.

Théoriquement, c'était une équipe de commando, mais dans son cas précis, c'était une mise à l'épreuve, une façon de le mouiller par le sang.

Il en gardait le souvenir d'une sensation extrêmement précise : la petite brûlure ressentie à l'épaule au moment même où l'homme à la chemise blanche s'effondrait, qui lui avait fait craindre un moment d'avoir été atteint simultanément. Mais ce n'était que le résultat d'un faux mouvement, puisque deux heures après, il ne lui en restait rien. Deux heures après ne lui restait que l'exaltation d'avoir réussi cette fausse mission qui lui permettait de poursuivre la vraie.

L'homme à la chemise blanche avait légèrement pivoté sous l'impact et, dans sa mémoire, contrairement à la réalité, il achevait le mouvement et tournait vers Martin sa tête qui restait voilée, à jamais mystérieuse, comme le visage de l'homme à l'hôpital, à l'enterrement, venant régulièrement lui rendre visite, jusqu'à ce que Martin, petit garçon, lui dise :

— C'est à cause de toi que maman est morte.

L'homme sans visage n'était plus jamais revenu.

Martin savait bien que sa mère était morte d'un cancer, que cet homme l'avait aimée et soignée. Il n'y avait là rien que de très banal, sans importance. Une jalousie d'enfant.

La seule question sans réponse concernait l'éventuelle complicité de son père, enfermé dans son bureau-terrier, n'entendant rien, ne voyant rien, ou se taisant, c'était pareil, occupé seulement de ses malades qui faisaient partie de sa vie sans mettre en cause son existence.

Mais pourquoi ne s'était-il jamais débarrassé de cette image répétitive de l'homme sans visage. La chemise blanche, la blouse blanche, cela s'expliquait, mais ce visage comme effacé...

La sonnerie du téléphone le tira de sa rêverie. Le répondeur se mit en marche et la voix de Maryse retentit, abstraitement enjouée dans le vide de l'appartement, puis le bip, puis :

— Bonjour Martin. Je sais que vous êtes là, mais n'ayez pas peur. J'ai eu votre message. Je vais bientôt tout vous expliquer.

Martin bondit, décrocha, tout en arrêtant la machine, dit rapidement : « Allô, allô... » dans le combiné.

Claude raccrocha.

Après un temps, Martin composa le numéro de Rose, mais, malgré de multiples sonneries, n'obtint aucune réponse.

C'était dit, il irait au rendez-vous.

Claude avait entendu Martin décrocher. Il avait entendu sa voix. Maintenant, il allait rejoindre Anne. Il se regarda dans la glace du lavabo et se trouva beau.

L'exaltation jointe à la fatigue avait creusé son visage, accentuant ses cernes et son début de barbe. Il se passa la main dans les cheveux, les hérissant en désordre sur sa tête. Le garçon sage avait fait place à un faune. Anne allait voir ce qu'elle allait voir. Il la rassurerait. Face à son affolement, il se montrerait supérieur et hautain. La police ? Les meurtres ? Broutilles que cela. J'ai tout voulu, tout planifié, tout annoncé. Oui, ma petite, c'est l'heure du finale et je voulais que tu y assistes. Il y a deux conclusions possibles...

Là, elle devinerait, n'oserait y croire et alors il déclarerait, souverain : « Un geste de toi et c'est la vie ou la mort d'un homme, mais le déshonneur forcément », car il lui raconterait toute l'histoire, la vengeance, sa volonté de blanchir le commandant publiquement pour pouvoir commencer d'exister.

Il était très en avance. Il ne voulait pas arriver avant elle ni se faire trop attendre.

Il finit sa bière. Il avait renoncé au bourbon et aux cigares, un truc de môme cette histoire d'identification. Maintenant, il pouvait être lui-même, Claude l'insubmersible, l'insoumis.

Il décida de faire une tournée de repérage dans le quartier. Il regardait sa montre toutes les cinq minutes.

Quelle chance il avait ! Une fille comme ça, il pourrait faire le tour du monde avec elle sans jamais revenir. Il pourrait devenir riche et puissant, si elle le souhaitait. Il n'aurait plus jamais peur. Elle l'aimait, elle l'avait prouvé.

Un tremblement l'arrêta. Il se voyait se retourner et balancer une gifle qui lui avait cuit la main.

La fille s'appelait Dominique. Il l'avait crue son amie. Elle s'asseyait à côté de lui en classe de physique. Elle semblait ne pas remarquer qu'il était pauvre et timide.

Elle avait transformé le lycée en havre de chaleur. Et puis un jour, pendant la récréation, il l'avait vue raconter une histoire qui n'en finissait pas à un groupe de filles ricanantes. Et il avait su qu'elle parlait de lui, qu'elle se moquait, qu'elle le trahissait..

Ils étaient donc tous debout aux pupitres. Le prof avait dit de s'asseoir. Il s'était retourné et l'avait giflée. Le coup était passé inaperçu, dans le brouhaha général. Elle en avait eu les larmes aux yeux. L'heure avait passé dans une réjouissance désespérée de sa solitude, de sa douleur et de son intransigeance. Au moins, maintenant, elle le respecterait.

Et puis, à la sortie de la salle, elle s'était tournée vers lui et il avait lu dans son regard véhément qu'il s'était trompé.

Le soir-même, il obtenait de sa mère qu'elle le mette dans une boîte privée très au-dessus de ses moyens.

Comme cela, tout le monde était puni, innocents et coupables indistincts et mêlés.

C'est vrai qu'il avait tendance à voir la trahison partout, une partie de son héritage paternel, mais il suffisait d'une Anne pour changer les couleurs de la vie. Il pensa, magnanime, qu'il pourrait même lui faire cadeau de Martin, renoncer si elle le lui demandait.

C'était amusant d'imaginer Martin se débattant dans une toile dont il ignorait que l'araignée était partie.

Il était arrivé. Le quartier était calme. Voilà, c'était la porte de son immeuble. La lumière de l'entrée ne marchait plus. Il entendit claquer une porte dans les étages et sortit sur le trottoir.

On voyait même des étoiles dans le ciel pourri de Paris. Un couple d'adolescents sortit, main dans la main, regardant au passage Claude comme une créature incongrue sur leur planète. Claude leur fit un petit clin d'œil qui signifiait : « Moi aussi, gamins, je suis comme vous. »

Il se dit qu'il aurait l'air idiot à l'attendre comme ça sur le trottoir et il rentra dans l'immeuble s'asseoir sur une marche dans une posture désinvolte, si ce n'est que, malgré lui, sa jambe battait la mesure d'un tempo silencieux.

Où l'emmènerait-il ?

Toutes les solutions lui semblaient crasseuses, indignes de leur amour. Ils ne dormiraient pas. Ils marcheraient toute la nuit, feraient des haltes sur des bancs et, c'était décidé, elle saurait tout.

Il se releva, n'en pouvant plus d'impatience, et se mit à faire les cent pas sur le trottoir. Puis il décida de faire le tour du pâté de maison, lentement, pour se calmer. A mi-chemin, n'y tenant plus, il se mit à courir en sens inverse jusqu'à la porte de l'immeuble d'Anne.

Il entra. La minuterie de l'escalier s'éteignit. Il sentit un mouvement sur sa droite, appela :

— Anne ?

Il se sentit soulevé du sol par le collet, une main se plaqua sur sa bouche et il fut sorti, se débattant comme un diable impuissant, étouffant à moitié d'essayer de crier quand même, emmené de l'autre côté de la rue et poussé dans une voiture, à moitié groggy déjà.

Portières qui claquent, moteur qui démarre, le noir derrière les paupières crispées, la peur, puis cette voix aussi familière que celle d'un grand frère ou d'un ami et inouïe parce que s'adressant à lui pour la première fois, chaleureuse, intime, assez rassurante d'abord pour que Claude goûte, le temps d'un feu rouge, cette proximité soudaine.

Puis la cage thoracique écrasée, l'air qui manque et comme on jaillit hors de l'eau, l'œil exorbité, la bouche béante, un sursaut de tout le corps vers le haut pour aspirer un oxygène introuvable.

Il se cogna la tête contre le plafond de la voiture, fit faire une embardée à Martin qui le repoussa brutalement avant de lui tendre une bouteille de whisky entamée dont Claude avala une lampée.

Il fallait vite s'adapter à une situation imprévue et surtout ne pas s'abandonner à la violence que lui prescrivait la trahison d'Anne. Il fallait arrêter immédiatement le dédale des questions qui s'entrechoquaient dans sa poitrine, accélérant le battement du sang dans ses artères.

Anne, Martin, pourquoi ? Comment ? Une rencontre provoquée ? Un piège ? Depuis le début ? La marionnette qui se prend pour son montreur ?

Il sentit la sueur goutter sur son front. Il lui semblait que les traits de son visage lui rentraient dans la peau, lui donnant le faciès d'un monstre irregardable.

Martin le regardait. Il se força à l'impassibilité et, l'œil fixé sur la rue devant eux :

— Où est Anne ?

— Qui est Anne ? répondit Martin du tac au tac.

Claude sentit les larmes lui monter aux yeux et regarda par la vitre, en se disant que la place de l'Etoile n'était pas trop encombrée, qu'ils venaient de s'engager avenue de la Grande-Armée, qu'ils quittaient Paris, que Martin l'emmenait sans doute dans son repaire.

A force d'observations objectives, il se calma. Il décida de se taire et d'attendre, le seul moyen de regagner un peu d'ascendant sur son destin lamentable.

Martin le regardait à nouveau.

Claude continua de fixer la route.

Le grattement d'une allumette lui fit jeter un coup d'œil involontaire vers Martin dont le profil se dessina, illuminé, le temps de quelques succions sur l'inévitable cigare dont le bout rougeoyait.

Le cœur de Claude frappa un grand coup, si fort qu'il ne put s'empêcher de vérifier que Martin n'avait pas entendu.

Martin semblait réfléchir, ses lèvres s'étiraient autour du cigare dans un faux sourire, sa silhouette massive était à la fois inquiétante et rassurante.

Tout allait se jouer maintenant, pensa Claude excité, attendant le début des hostilités.

Mais il attendit en vain. La voiture roulait dans la nuit, vitres fermées, les deux hommes pris dans les volutes de fumée et Claude sentit le fou rire le gagner devant l'incongruité de la situation. Peut-être allaient-ils s'arrêter devant une station, faire le plein, arriver sur la côte au matin et se séparer sur une bonne poignée de main. Après tout, un silence partagé toute une nuit en dirait plus long que tous les discours.

Claude hoqueta. Pourquoi pas une accolade fraternelle, pleine d'estime mutuelle ?

Il jeta un regard pour voir si Martin partageait la plaisanterie, mais le journaliste conduisait, sourcils froncés, concentré.

Puis la voiture s'arrêta à proximité d'une grille. Claude n'avait aucune idée de l'endroit où ils se trouvaient. Il n'avait plus aucun repaire géographique.

Martin coupa le moteur, éteignit les phares, allumant simultanément la lumière intérieure, puis il se tourna vers Claude qui pensa : « Enfin ! » et l'appela d'une voix rauque, interrogative :

— Claude ?

Claude se tourna vers lui, la bouche sèche, et les deux hommes restèrent face à face, le regard de Martin se promenant fiévreusement d'un bout à l'autre du visage du jeune homme, tandis que Claude, fasciné, fixait l'œil agité de son proche ennemi.

La voix encore plus rauque, Martin affirma :

— On se connaît.

Et avant que Claude ait pu répondre que certes, lui connaissait Martin, mais que l'inverse n'était pas vrai, le journaliste était déjà descendu de voiture et, jetant un regard impatient vers Claude qui le suivait, faussement nonchalant, il s'approcha de la grande grille fermée derrière laquelle commençait un parc.

Ils longèrent la grille d'enceinte jusqu'à un endroit où, en s'aidant d'un arbre, on pouvait facilement passer de l'autre côté.

Martin tendit ses mains réunies en appui vers Claude qui marqua un temps infime d'hésitation.

— Il faut qu'on parle, non ? s'énerva Martin.

Claude sourit ironiquement et grimpa. Il était logique, cette nuit, d'échapper à toute logique.

Une longue allée mystérieuse et sombre s'ouvrait devant lui. Martin se laissa tomber sur le sol et s'engagea dans l'allée. Claude le suivit.

Il portait une veste claire qui trouait la nuit noire. Martin était habillé de sombre.

Au loin, telle une cité magique et inconnue, Paris clignotait de mille lumières, silencieuse, hors d'atteinte.

A gauche commençait la forêt touffue.

Martin s'arrêta. Claude vint le rejoindre. Ils échangèrent un regard, puis s'enfoncèrent dans la forêt. Leur marche prit un rythme naturel assez rapide. Ils allaient maintenant du même pas. Claude s'asphyxiait lentement comme un plongeur qui a épuisé l'oxygène de son réservoir.

Au bout d'un moment Martin reprit la parole en souriant presque :

— Tu étais plus bavard au téléphone.

Claude ouvrit la bouche, suffoqué par le tutoiement intempestif et, au lieu d'assener la réplique cinglante qui convenait, resta bouche ouverte. Ses yeux se mouillèrent, achevant de l'humilier, d'autant que Martin l'avait pris par le bras pour l'immobiliser et le regardait à nouveau avec cet étrange regard fouineur.

Martin secoua la tête pour chasser une pensée importune et sentit son corps vibrer à nouveau de violence contenue. Dans la voiture il avait réussi à se contrôler, certain qu'il avait tout à gagner à se montrer mystérieux, désinvolte, oui, sous contrôle. Mais voilà qu'il avait à nouveau envie de frapper sourdement, aveuglément, de venger Suzanne, Françoise, de défoncer sa propre peur, d'abolir les morts, d'être pardonné.

L'attitude de Claude semblait elle-même appeler les coups, la tête pendait humblement, le corps s'offrait, le regard implorait :

— A, al... a... allez-y. Fra, fra, frap...

Il aurait préféré crever sur place, que de déballer une telle émotivité infantile devant Martin, mais le bégaiement faisait tressauter jusqu'à ses jambes mal assurées.

Pour Martin, ce fut la révélation, le point sans équivoque sur le i de la ressemblance physique :

— Lucien Rolland ! Mais tu es quoi, toi ? Son fils, son frère, son cousin ?

D'un geste, Claude se dégagea et il se mit à courir à travers les arbres, incapable de retenir plus longtemps ses larmes, qui ruisselaient sur son visage, s'arrêtaient sur son menton avant de s'égoutter à la verticale sur ses deux poings qui venaient se faire arroser alternativement, droite, gauche, au rythme de sa course désordonnée.

Il entendait derrière lui Martin se rapprocher à grandes foulées, dans un incroyable boucan de feuilles broyées, de craquements de branches, jusqu'aux pans de sa veste qui fendaient l'air comme les ailes d'un grand oiseau prenant son envol.

La vue brouillée, zigzaguant, les bras tendus devant lui pour se protéger des obstacles qui lui sautaient au visage, Claude sentit soudain deux bras l'enlacer par-derrière, il trébucha et tomba face contre terre, entraînant Martin dans sa chute.

Martin, sonné, cloua Claude au sol de son grand corps étalé en X, puis se laissa rouler sur le dos, reprenant bruyamment son souffle, à côté de Claude, qui se taisait, le visage écrasé contre la terre.

La brutalité de l'effort physique, l'éclairage nouveau que l'identité de son adversaire jetait sur la situation, avaient calmé Martin et déclenché une série d'images confuses qui n'arrivaient pas à se préciser.

Dans un geste d'apaisement, Martin chercha un contact physique. Claude se redressa d'un bond et, prenant son visage entre ses mains, se mit à sangloter sans retenue.

Martin regarda le ciel d'un noir épais au-dessus de leurs têtes et se sentit aspiré dans un espace effrayant, inconnu. La tête lui tournait. Il n'entendait plus les pleurs de Claude que de façon intermittente. Une émotion inconnue lui donnait envie de fermer les yeux et de se prendre un moment pour une pierre, ou une feuille, quelque chose à la fois d'inerte et de vibrant, pour retrouver ce jeu oublié de son enfance. Il s'agissait de faire disparaître un à un les éléments gênants de la réalité, les adultes en premier, puis la maison, puis les vêtements, des chaussures serrées jusqu'au slip irritant et, à l'insu de tous, léger comme un souffle d'air, de se fondre... l'air chaud sur son visage, une main crispée sur son épaule le ramenèrent en pesanteur et, ouvrant les yeux, il découvrit le visage maculé de terre et de larmes d'un jeune homme à peine sorti de l'adolescence, au visage têtu de petit paysan, aux lèvres gonflées par le chagrin.

Une vraie terreur panique lui paralysa membres, organes, liquide sanguin, pensée, parole. Pourquoi ? Il se vit mourir le temps d'un battement de cils qui prit des allures d'éternité. Pourquoi ? Il entendit :

— Je suis son fils.

Puis tout se brouilla comme lorsqu'on passe la main sur une esquisse au fusain et, immédiatement derrière, un dessin s'organisa qui lui montrait le passé et l'avenir dont il était à nouveau le maître et qu'il ne s'agissait plus que de coordonner. Claude paierait pour tout. Claude était à sa merci. Il ne s'agissait plus que de parler et de convaincre, de faire son métier en quelque sorte. Il n'essaierait jamais de comprendre pourquoi. Il venait de passer à côté de son propre secret.

Il s'assura que Claude avait repris ses esprits, le regarda gravement et affirma qu'il n'était pas question d'abolir le passé. Il fit montre d'une admiration sincère pour un adversaire costaud. Il accepta de mettre provisoirement entre parenthèses les deux femmes mortes inutilement. Il demanda à Claude de l'écouter, car il n'avait jamais raconté à personne ce qu'il allait lui dévoiler maintenant. La véritable horreur de la situation tenait à ce que les raisons de Claude, telles que Martin se les représentait, étaient fondées sur l'erreur.

Il s'assit sur un tronc qui s'était crevassé après la chute, révélant au monde la maladie qui le rongeait, invisible, depuis des années, ayant creusé le ventre de l'arbre dont l'écorce ne soutenait plus qu'une forme factice.

Martin est un bon conteur. Sa guerre d'Algérie, dont il avait fait à Rose un récit factuel et précis, devint le roman d'une initiation romantique. Il se surpassa.

Il fut ce jeune homme débutant dans la vie et dans la guerre, à la recherche d'un idéal et d'un modèle et les trouvant chez Lucien Rolland, un homme exceptionnel, qui l'avait pris en sympathie avant de devenir son mentor, son guide. Et c'est vrai, Martin l'avait suivi sur les chemins de la rébellion. Leur cause était juste. Après tout, l'armée se mutinait contre un Etat qui voulait imposer aux Algériens une liberté qu'ils ne souhaitaient pas eux-mêmes.

Martin avait été honnête jusqu'au bout. Le jour où les méthodes de l'O.A.S. lui étaient apparues injustifiables, où il lui sembla aberrant de vouloir à tout prix marcher contre l'Histoire, il avait fait amende honorable, mais réellement honorable. Il était reparti à zéro sans trahir.

Lucien Rolland, maintenant, c'était une autre histoire. Il est indéniable qu'à un moment, ses hommes s'étaient mis à tomber comme des mouches, alors que lui réchappait de tous les attentats manqués, de toutes les embuscades tournées court. Une poisse pareille pour les autres, une chance pareille pour un seul, à un moment donné, ça rend méfiant. Il devenait chaque jour plus évident que Lucien Rolland jouait double jeu. Et la preuve apparut le jour où une liste tomba entre les mains des mutins, fournissant des noms de gens émargeant à la caisse des forces de police de la métropole : parmi eux, un certain Lucien Rolland qui fut aussitôt condamné à mort par son groupe.

Claude n'écouta pas vraiment le récit de Martin. Il connaissait l'histoire. La petite différence était que, d'après la lettre que lui avait laissée son père en héritage, la fameuse liste était un faux. Martin avait fait condamner Lucien Rolland à sa place pour pouvoir continuer son œuvre de sabotage en toute impunité. Martin avait trahi doublement, car il avait livré des camarades et profité du lien de confiance et d'amitié qui l'unissait à Lucien Rolland.

Mais peu importait à Claude. Il se rendait compte que l'enjeu n'était pas de savoir qui avait fait quoi et quand. Tout ce qui avait été accompli n'était que saloperie, que ce soit pour de bonnes ou de mauvaises raisons. Il se sentait épuisé, ballotté par des émotions qui, pour l'instant, le submergeaient, mais qu'il était urgent de démêler. Il y avait toujours un combat à mener, mais il ne savait plus lequel.

La vérité nous a effleurés de son aile, pensa-t-il, mais nous n'avons pas été à la hauteur.

Martin...

Martin essayait de l'entuber à son tour, c'était normal. Le motif d'une vie ne changeait pas comme ça d'un jour à l'autre.

Qu'est-ce qu'il disait maintenant ?

Il tendit à nouveau l'oreille.

C'était la péroraison.

Martin était désolé de déboulonner ainsi la statue du père de Claude. Lui aussi était passé par là, quand il avait fallu admettre que le guide qu'il s'était choisi avait pu déchoir à ce point. Le présent seul comptait désormais.

Que cherchait Claude ?

A venger son père ?

Mais il n'y avait rien à venger.

Et même si Martin avait été coupable ? Quelles étaient les armes de Claude ? Il pouvait prouver son ancienne appartenance à l'O.A.S. ? C'était cela?

Et alors ? De quoi détruire sa carrière, et encore... Il se rétablirait autrement, ailleurs.

Et que gagnerait Claude ? Une vie démolie. Jamais il ne pourrait faire condamner Martin pour ses meurtres. C'était de la folie. Il avait effectué un boulot insensé, il avait fait preuve de talents inouïs, pour accomplir quoi ? Deux meurtres indignes. Deux meurtres inutiles. Pourquoi continuer de gaspiller de tels moyens ? Un lien formidable s'était tissé entre eux deux. Claude ne le sentait-il pas ? Martin, lui, l'acceptait. Aberrante, mais indiscutable, une vraie fraternité les liait. Ils se ressemblaient. Réunis, ils pouvaient accomplir de grandes choses. Il était encore temps de tout effacer, le passé de Claude et celui de Martin, de repartir à zéro, ensemble.

Claude semblait n'avoir pas entendu. Il regardait un insecte velu et un peu répugnant tenter de franchir le barrage du tronc. Il se disait que Martin lui parlait comme il avait toujours rêvé qu'il lui parle un jour, mais au lieu d'en éprouver de la joie, il avait l'impression qu'on lui enlevait son centre et qu'il allait soudain tomber comme ce tronc apparemment sain, mais en fait vide de substance.

Quitte à tout perdre, il ne pouvait se définir qu'en allant au bout de ce qui avait été la seule direction jamais donnée à sa vie.

Il se contenta de demander :

— Est-ce que je peux réfléchir ?

— Tu veux rire ? C'est toi qui as le jeu en main. Moi, je ne peux que proposer et tu disposes.

— Vous restez chez Maryse pour l'instant ?

— Je peux décider d'y rester.

— Je vous appelle demain matin.

— Une dernière chose. Comme ça, tu as toutes les données en main. J'ai promis à mon patron de me rendre à la fin de la semaine et je le ferai quoiqu'il arrive. Je te ramène ?

— Non, je préfère rester ici.

Il accompagna Martin jusqu'à sa voiture et attendit de voir disparaître les feux arrière pour retourner dans la forêt. Cette fois, il s'enfonça sans souci de retour, non pas pour se perdre, mais pour se désorienter. Il n'avait pas d'endroit où dormir et, de toute façon, n'avait pas sommeil.

Il se sentait démuni comme jamais. Le marionnettiste était parti et toutes ses ficelles gisaient autour de lui. Martin l'avait malaxé, étiré, retourné, fait sauter comme une crêpe.

Il n'avait même pas su éclaircir l'histoire d'Anne, mais qu'y avait-il à éclaircir ? Martin s'était retrouvé à la place de la jeune fille, à l'heure et à l'endroit qu'elle avait fixés.

Saurait-il un jour la vérité ? Il ne la reverrait peut-être jamais. Alors pourquoi ne pas croire à son innocence ? Elle aurait pu se faire embobiner par Martin. Il était très fort dans la manipulation. Claude lui-même ne se sentait pas à l'abri de ses méthodes.

Mais comment avait-elle connu Martin ? C'était à devenir fou.

A force de lier leurs deux avenirs, peut-être avait-il dérangé le fragile équilibre de la vie ?

Et si Anne n'avait pas de chair, n'était qu'une envoyée du destin, un ange de l'échec et de la désespérance ?

Le vent s'était levé et rendait le paysage bavard. Les feuilles murmuraient conseils et reproches inaudibles, assourdissants.

Claude se refusait à faire confiance à Martin, à qui les promesses ne coûtaient rien. S'il était possible de lui faire confiance, la vie cesserait d'être un cloaque privé de lumière. Mais le monde est ce qu'il est, et Martin incapable d'un geste généreux. Les six ans que Claude avait passé à enquêter sur sa vie l'en avaient convaincu.

Six ans... Il pourrait être en train de préparer l'agrèg' si son père n'en avait pas décidé autrement. Sans même le connaître, prêt de mourir, il avait condamné son fils en lui écrivant.

Quand Claude avait reçu l'enveloppe testament, il était encore jeune et déjà malheureux, indiciblement. La petite misère honteuse, économe, la mélancolie lourde de reproches de sa mère, qui était jolie, Dieu sait, qui l'avait été, et gaie, forcément, autrefois, avant lui.

Elle avait dû à peine connaître son père avant son départ pour l'Algérie. Il avait été conçu au cours d'une permission par un géniteur déjà taché de sang et de saloperie. Bien sûr qu'il le savait !

Et elle, qu'est-ce qu'elle savait ? Qu'est-ce qu'elle pensait ?

Au fil des années, elle avait fabriqué un chromo du père, comme un portrait au-dessus de la cheminée, et il avait choisi d'y croire parce que ça lui simplifiait la vie, la sienne, celle de sa mère et qu'il aurait tout donné pour qu'elle file des jours simples et sereins.

Un jour, il lui avait annoncé qu'il partait, qu'elle n'aurait pas souvent de ses nouvelles mais qu'il avait quelque chose à accomplir.

Elle avait essuyé une larme, un geste familier chez elle, et n'avait rien tenté pour le retenir.

Il s'était même demandé si elle n'était pas soulagée du départ de son empêcheur de vivre.

Et lui ?

La nuit, parfois, elle le prenait dans son lit et il se rétractait au contact de cette chair qu'aucun nerf vital ne semblait plus traverser, ce corps éternellement endeuillé.

A en juger par la photo dans son cadre argenté, le commandant avait été un grand bel homme à la vigueur athlétique. On devinait les muscles sous les manches de toile kaki. Il avait le teint hâlé, c'était perceptible même en noir et blanc, et l'œil clair allumé d'une ironie permanente. On pouvait comprendre qu'une femme se soit enfuie de chez elle pour l'épouser, même si elle avait dix-huit ans et lui quarante. Il l'avait installée dans le petit appartement où Claude avait grandi et elle s'était apprêtée à le suivre de garnison en garnison. Mais il y avait eu la guerre.

Elle n'avait jamais voulu renouer avec sa famille. Sous son apparence fragile, elle cachait un caractère têtu. Si les circonstances avaient été différentes, elle aurait pu s'obstiner dans le bonheur comme elle l'avait fait dans le malheur.

Elle était d'une famille aisée qui avait les moyens de l'aider, mais non, elle avait choisi d'être admirable pour un public réduit à son fils. Car elle n'avait pas d'amis non plus. Alors, Claude n'en avait pas eu. A vrai dire, il ne savait pas ce que c'était. Chez lui, on ne pouvait pas ramener de copains. On n'aurait pas su quoi en faire.

Par contre, à l'époque, il attirait déjà les filles. Il avait hérité du charme de son père mâtiné d'une mélancolie que les filles étaient déterminées à vaincre pour lui. C'était utile.

Inéluctablement, il les décevait. Leur patience faisait place à l'irritation, aux demandes. Il prit l'habitude de partir avant la dégradation, s'évitant des humiliations supplémentaires.

Les amitiés lui avaient manqué indéniablement. Quand il avait enfin retrouvé la trace de Martin, ex-Martial, il l'avait considéré comme un double réussi. Oui, il l'avait envié, sans rancune, avec admiration. Et il avait accompli un effort considérable pour retremper sa haine, moteur de l'entreprise.

Ce qui le désespérait, cette nuit où il courait après des mirages, c'est qu'il comprenait que tout avait été factice.

Il n'avait pas de solution de rechange à sa vie, pour l'instant. Simplement, rencontrant Martin avec son incroyable énergie vitale qui le ferait rebondir sur tous les obstacles, il se disait qu'on ne pouvait s'attaquer qu'à des victimes désignées. On ne pouvait pas transformer un vainqueur en victime. Tous les rôles étaient distribués au départ.

Pour lui-même, il n'avait pas grand espoir. Il essaierait peut-être de retrouver Anne.

Il ne rendrait pas les documents à Martin, mais il ne les utiliserait pas.

Au moins, de retour dans sa vie, dans l'estime des autres, dans le cœur des femmes, Martin serait accompagné en tous lieux par un tremblement : la possibilité à chaque instant de voir sa place dans le monde se dérober sous lui.

C'était un service à lui rendre. Il goûterait mieux le sel de chaque instant sauvé de l'éphémère. Il y acquerrait même un peu de profondeur.

Claude commença à sentir le froid dans tous ses membres. La fatigue accompagnait le soulagement d'une décision enfin prise.

Il tomba presque immédiatement sur un abri forestier, s'y blottit pour les quelques heures de nuit qui restaient et s'endormit.

CHAPITRE TREIZE

Martin avait roulé jusqu'à Paris sans arriver à dissiper un malaise injustifiable, puisque tout s'était admirablement déroulé.

Le fait d'avoir laissé libre cours à l'improvisation s'était révélé judicieux. Il avait « emprunté » une voiture par commodité, sans la moindre idée de ce qu'il ferait de Claude, de l'endroit où il l'emmènerait, ni même de ce qu'il lui dirait. Il se rappelait que parfois, à trop anticiper, on trébuche sur son propre dessein.

Mais finalement, le choc de l'enlèvement, l'étrangeté de ce lieu désert et interdit, le silence de Martin, tout avait contribué à déstabiliser Claude.

Le pauvre garçon ! Martin aurait sincèrement souhaité que sa proposition finale au jeune homme fût sincère.

Elle ne pouvait pas l'être, bien sûr, mais il l'avait fugitivement regretté. Et ce regret rôdait autour de lui comme un moucheron agaçant qu'on essaie de chasser de la main.

Il ne fallait tout de même pas oublier que Claude était un criminel dangereux, à mettre rapidement hors d'usage.

Comme toujours, lorsque quelque chose lui posait problème, Martin fut pris d'une fatigue immense et utilisa son reste de concentration à conduire et arriver sans encombre en ville.

Il n'y avait pas de raison de s'en faire. Le jeune homme lui remettrait les documents. Il serait facilement débusqué par la police qui découvrirait les papiers de Martin sur lui. D'après Bertrand, le facteur qui portait la lettre recommandée à Françoise avait croisé un jeune homme agité dans l'escalier. Et Anne pourrait raconter d'où elle tenait la lettre. Il y avait aussi le message de Claude sur le répondeur de Maryse. Non, les preuves ne manqueraient pas.

C'était de s'être retrouvé sans s'y attendre devant le fils du commandant qui l'avait désarçonné. Un double du père surgissant, mais morbide, délétère, troublant aussi.

Le commandant avait été un initiateur dans beaucoup de domaines pour Martin qui le méprisait pourtant. Il le trouvait hâbleur, bellâtre, quoique efficace. C'est lui qui avait organisé le cloisonnement des cellules d'intervention et il arrivait à rallier les tièdes avec ses discours aux ficelles épaisses, mais sincères, tellement sincères !

Il avait du charme et une santé, un goût de la vie contagieux. Il était limité intellectuellement et il adorait Martin, son poulain, son homme lige. Il l'avait repéré dès son arrivée en Algérie, comme s'il le connaissait d'avant et avait pris en charge son éducation et sa sécurité, avant de l'enrôler dans son groupe et d'en faire son bras droit. Quand il avait commencé à se méfier de lui, après trop d'embuscades découvertes, de coups de main empêchés, c'était déjà trop tard. Martin n'avait pas hésité. Pour consolider sa position et écarter les soupçons, il fallait désigner un coupable.

Le terrain avait été préparé à coup de rumeurs. Le commandant était seul au courant de toutes les opérations et il signait habituellement les ordres de mission.

Quand, au cours d'une embuscade, on saisit sur un gendarme la liste codée d'agents doubles, avec le nom du commandant en bonne place, personne ne fut autrement étonné. Et dans ces temps abrupts, son élimination exemplaire fut décidée sur-le-champ et exécutée une semaine plus tard.

Non, ce n'était pas une époque sentimentale, mais elle avait fondé l'opinion de Martin sur ce qu'il croyait être la nature humaine. Il avait assisté à des interrogatoires de civils susceptibles de connaître des militants du F.L.N., il avait parfois dû y participer. Il avait payé cher la crédibilité de sa couverture. Le commandant avait été un spécialiste efficace de ce service de renseignements particulier. Il se croyait justifié par un engagement moral dans une grande cause, ce qui était, pour Martin, la pire des supercheries. L'homme n'avait fait que trouver un exutoire à sa nature de prédateur féroce. Martin, lui au moins, qui aurait pu se targuer de la défense de la démocratie et des valeurs républicaines, savait qu'il ne faisait que répondre à un goût profond de la manipulation et du secret. Tout engagement répondait à un appétit mesquin de l'homme engagé.

C'était le passé. Il n'aimait pas penser à tout cela.

Il n'avait qu'une envie, retrouver sa maison, ses dîners, ses entretiens, suivis de papiers lus avec attention par le personnel politique.

Chacun sa mesquinerie.

Allons, c'était pour bientôt. Il avait bien travaillé.

Il se réveilla dans un soleil éclatant, brutalisé par une sonnerie insistante. Il décrocha et s'aperçut qu'il était encore habillé, comme s'il s'était endormi en tombant sur le lit.

Il reconnut la voix de Rose calme et amusée :

— Quelque chose, un jour, t'empêchera-t-elle de faire la noce ?

— Je n'ai pas fait la noce, désolé de te décevoir, mais j'ai réglé quelques détails.

Un temps et nettement agacée cette fois, la voix de Rose reprit :

— Le résultat de mon enquête ne t'intéresse donc pas plus que ça ? Je n'y ai guère passé qu'un jour, une nuit et des poussières.

Il s'excusa, mettant sur le compte d'un réveil brumeux son inqualifiable absence d'esprit. Il l'écouta, les yeux mi-clos. Elle avait fait du bon travail, mais ses découvertes ne lui servaient plus trop. Elle avait même retrouvé le nom entier de Claude grâce à un ticket de photographe collé dans l'album d'Agathe qui avait constitué un petit recueil de souvenirs intitulé : « Que reste-t-il ? »

Les objets les plus divers s'y suivaient de page en page, seuls vestiges de déclarations passionnées, de soulagements mécaniques, de rencontres porteuses d'espoir ou du train-train de la vie.

Une poupée de chiffons gagnée dans une foire, une bague de fiançailles en toc, un préservatif de l'est non utilisé et ce ticket de photographe tombé de la poche de Claude qu'Agathe n'avait jamais eu la curiosité d'aller échanger contre des instantanés. Rose avait ainsi réussi à remonter jusqu'au père de Claude, en passant par une fiche de police, suite à l'arrestation de Claude au cours d'une manifestation pour le rétablissement de la peine de mort. Sa dernière découverte était la plus troublante : le père de Claude avait été interne dans le service du père de Martin.

— Avoue que la vie fait de sacrés détours pour être logique.

Martin fut pris de nausées qu'il mit sur le compte de sa nuit précédente.

— Mais il n'est pas devenu médecin ?

— Une sombre histoire d'avortement qui a failli mal tourner. C'était l'immédiate avant-guerre. Ce serait intéressant de savoir ce qu'il a fait après. Quand même, quelle famille sordide. Je pensais aller voir la mère maintenant.

— Oui, tu as raison, répondit Martin, désorienté.

Il ajouta qu'il avait rencontré Claude, que les choses s'arrangeaient et que ces nouvelles informations étaient autant d'atouts supplémentaires.

— On est bien d'accord que j'aurai le droit de publier ma version de l'histoire, hein Martin ?

— Si elle coïncide avec la mienne, bien sûr.

— Les conditions commencent, j'aurais dû m'en douter.

Elle raccrocha avec un petit rire.

La sonnerie se déclencha si immédiatement derrière qu'il crut que Rose avait oublié quelque chose.

La voix, immédiatement reconnaissable, annula d'un coup la nuit précédente et le replongea dans l'inconnu d'avant :

— C'est non.

— Claude ? Ça veut dire quoi...

Les petits bips, comme des pointillés, le laissaient à nouveau face à lui-même.

Le visage de Martin sembla se retourner comme un gant, l'extérieur poli remplacé par une doublure en lames de rasoir.

Puisque Claude refusait la main tendue, Martin allait l'abattre. Il préféra oublier que sa main tendue avait été un mensonge pour commencer. Maintenant qu'elle était refusée, elle devenait vraie. Il lui fallut quelques minutes à peine pour décider de la marche à suivre. Il avait les informations, Anne serait le levier, un levier qui n'avait même pas besoin d'être intelligent.

Elle serait peut-être difficile à convaincre. C'est pourquoi il en fit sa priorité.

Quand Martin l'appela chez ses parents, Anne sortait d'une nuit agitée.

Elle était retournée dans ce gîte de malaise car c'était le seul endroit où elle pouvait espérer recevoir des nouvelles.

Elle avait reconnu, sans se voiler la face, ce désir abject qu'elle éprouvait pour Martin. Abject, car une fois encore lui était irrésistible celui-là même qui restait le plus insensible à ce que famille, entourage puis étrangers de passage avaient considéré comme allant de soi : sa beauté, son charme, son étrangeté. C'était, elle le savait, une façon de se dire, lui sait, comme je sais dans le plus secret de mon ventre rond, que je ne vaux rien, que je ne suis qu'une enveloppe vouée à la destruction, sans rien d'exceptionnel ni de durable.

Et voilà pourquoi il fallait arriver à « avoir » ces hommes-là, capables de lui redonner un peu d'aplomb.

Eux qui ne se berçaient d'aucune illusion, qui acceptaient d'accompagner pour un bout de la grande traversée en solitaire, la fille au cœur de pierre dont le seul talent était d'inventer des histoires aux autres, jamais à elle.

La veille, le soir venu, elle n'avait même pas débusqué l'amorce d'une invention. Les passants qu'elle croisait ne s'étaient pas soudain mis à manquer de talent, c'est elle qui avait perdu son petit rayon magique.

Elle en voulut brièvement à Claude et Martin qui l'avaient un peu enterrée sous leur histoire. Puis elle leur pardonna car elle les aimait comme ses créatures.

Sa nuit avait été agitée parce que débordante de pressentiments, d'angoisse, enfin de tous ses oripeaux dont elle croyait être débarrassée.

« Allons, ma vieille, quand même, tu vis » se gourmanda-t-elle.

Elle ne voulait pas que ça revienne. Une fois, il y a longtemps, préféra-t-elle penser, elle en avait été réduite à essayer de rompre tous les ponts avec la vie, justement pour échapper à l'insupportable douleur.

Elle avait, en plus, honteusement raté son coup et s'était juré qu'on ne l'y reprendrait plus.

Que trouvait-elle chez ces deux hommes qui l'attirât ainsi et menaçât de la noyer ?

Elle s'était levée tôt et avait décidé de fuir, la meilleure tactique quand les solutions abondaient, de dégotter une campagne morne et ingrate où elle ne pourrait que se sentir vivante. Elle réapprendrait à se raconter des trucs et après... Eh bien, il y aurait un après, c'était déjà ça.

Puis sa mère lui avait passé la communication.

Elle s'en voulut de son frémissement quand elle passa la porte du café de nuit, devenu sinistre le jour levé.

Elle ne vit pourtant pas les travestis à qui la fatigue ôtait le courage de maintenir un front arrogant. Sous le maquillage fatigué, la barbe pointait. La nuit blanche n'avait laissé aucune trace de fête, que des rigoles semblables aux couloirs qu'enfilent les larmes, révélant le visage à venir.

Elle se démarquait de la clientèle, s'étant habillée avec un soin grotesque, elle en aurait elle-même convenu, étant donné les circonstance. Sa mère lui avait d'ailleurs fait la remarque lourde de sous-entendus sur l'étonnant renouvellement de sa garde-robe, ces derniers jours.

Anne, toujours rigoureuse sur les questions de bienséance, estimait qu'en logeant chez ses parents, elle se remettait dans une situation d'enfance, qui les autorisait à un point de vue critique qu'elle ne leur reconnaissait plus quand elle retrouvait son autonomie.

Ces petites encoches lui servaient d'appui pour avancer tant bien que mal.

Là, il n'y avait pas d'encoche. Elle était la vierge amenée au sacrifice.

L'image lui vint, non par l'idée du sacrifice, mais à cause de sa miraculeuse virginité face à l'homme qu'elle avait choisi.

Son regard vacilla un instant, comme si elle devait à nouveau ajuster sa vue au Martin Gordes né une deuxième fois de ses cendres, qui sirotait un express serré, royal à sa petite table, malgré le sol jonché de mégots et l'atmosphère grisâtre du café suffoquant encore des vapeurs de la nuit.

Il se leva à moitié, tira sa chaise pour l'aider à s'asseoir. D'un ton de sollicitude qui signifiait qu'il avait remarqué la fatigue qui lui amaigrissait les joues, il commanda un café pour elle, s'adressant simultanément au garçon dont toute la personne exprimait qu'il avait espéré mieux de la vie, et à Anne, bien qu'il fût clair qu'il tenait sa soumission pour acquise. Il avait tout de suite remarqué sa robe de lainage angora, soyeuse, dessinant le corps, qu'elle avait mise pour lui, il le savait.

« Allons, cela va bien », se dit-il.

Il attendit en silence qu'elle fût servie et qu'elle eût commencé à boire.

Ils n'avaient pas eu besoin de se dire bonjour, tels des amants liés par le silence et refusant tout ce qui pourrait ressembler à de la banalité. Puis il posa sa main sur celle d'Anne qui avait su, du début, qu'elle serait massive et chaude et réveillerait soudain tout son circuit sanguin qui se mit à irriguer follement son corps jusqu'aux dernières extrémités.

Tout à coup, il rapprocha leurs chaises, passa sa main dans ses cheveux, attira sa tête contre lui, lui massant la nuque et déposant des baisers dans les boucles de sa toison.

Voilà, c'était arrivé. Anne se mit à respirer librement.

— Allons marcher, proposa-t-il d'une voix rauque.

Ils remontèrent le boulevard, lui la tenant serrée. La foule commençait à se presser vers les bouches de métro, à s'agglutiner aux arrêts de bus. Ils allaient à contre-courant de tout et il la guida jusqu'au cimetière Montmartre, un décor qu'elle trouva juste et qui réveilla sa gaieté.

Son corps savait qu'ils allaient faire l'amour et que ce serait bien. Elle n'eut plus peur de rompre la délicatesse de l'instant.

— Il est venu ?

Martin, un moment, eut l'air égaré, comme s'il avait du mal à retrouver le fil d'une histoire ancienne et à moitié oubliée. Anne sentit son courage l'abandonner en même temps qu'elle s'asseyait sur une tombe. Ses jambes même se montraient récalcitrantes.

Elle baissa son visage et fit semblant de lui répondre tout en cachant les taches rouges qui lui marquaient le visage.

— Mais si, vous savez... Claude, votre ennemi invisible, mon amoureux.

Elle se répétait que la seule vérité palpable, valable, n'est jamais que la sienne propre, qu'elle n'avait pas à préjuger de lui, que cela n'avait aucune importance et qu'en plus elle allait lui faciliter les choses.

Mais le glas avait sonné : il lui mentait, il la trahirait.

— Oui, oui, il est venu... dit Martin comme agacé par une remarque importune.

— Non, non, il faut me dire. Ça s'est mal passé, c'est ça ? insista-t-elle comme une enfant têtue et capricieuse.

— Ça aurait pu mieux se passer, mais crois-moi, (avec un long regard d'écœurante sincérité), en cet instant, ça n'a aucune importance.

Elle eut envie de lui dire qu'il arrête les frais, elle avait joué tout son répertoire et se savait meilleure que lui. Mais tant pis, elle ne le croyait pas, elle le désirait, rien à voir.

Il la fit lever, la pressa contre lui et l'embrassa, ses mains redessinant tout son corps de la chute du dos jusqu'à l'arrondi des fesses, remontant vers ses seins dans lesquels il enfouit son visage.

Elle se laissa aller paisiblement, puisque tout était joué. Elle eut envie de lui dire :

— On réglera les détails plus tard. Fais-moi l'amour, là tout de suite, je veux être payée d'avance, en confiance.

Mais si elle lui enlevait son apparente maîtrise de la situation, il se déferait.

Elle lui fit donc tout raconter, dès que son chaos intérieur se fût un peu calmé et s'exclama à la fin :

— Mais je vais récupérer la clé et le coffre. Ne te fais pas de souci.

— Il est dangereux. Il l'a prouvé. Je ne veux pas que tu prennes un tel risque.

— Il n'y a pas d'autre solution, Martin.

Tiens, il n'y avait pas de plaisir à l'appeler par son nom, ou alors il aurait fallu l'appeler Martin Gordes comme un seul mot.

— Comment veux-tu le retrouver ?

Finalement il n'allait même pas se faire prier.

— C'est lui qui me retrouvera, mais, d'abord, fais-moi l'amour.

Petite satisfaction, le ton était juste et interdisait la dérobade.

— Oui, faisons l'amour, reprit-il avec conviction mais sans finesse.

Il l'emmena chez Maryse, c'était le plus court chemin.

Anne ne s'était pas trompée. Elle se trompait rarement dans ce domaine de sa prédilection. Martin était remonté, par trop d'émotions et d'événements, à des sources primitives et Anne savait, à l'occasion, décupler sa faculté imaginative.

Ils s'empoignèrent avec la technique de professionnels aguerris qui ont gardé l'enthousiasme des amateurs. Quand ils ne purent plus, ils purent encore et la fatigue leur fit trouver des détours exquis comme des douleurs.

Ils s'endormirent, leurs corps repus et abandonnés à nouveau enfermés à l'intérieur de leurs peaux infranchissables et dans le sommeil, leurs corps s'ignorèrent. Anne se réveilla la première. Elle décida de garder sur elle les odeurs de l'amour qui la réconforteraient jusqu'à la fin du jour.

Elle laissa un mot : « Je reviens dès ma mission accomplie. »

Il lui sembla qu'il faisait semblant de dormir et ne le blâma pas car elle ne blâmait jamais les faiblesses des autres.

Elle décida de marauder un instant, d'abord parce qu'elle était gaie et pleine d'allant. Ensuite, parce que le hasard pouvait bien lui faire cette fleur de mettre Claude sur son chemin. Elle lui demandait rarement de l'aider. Il en tiendrait peut-être compte.

Elle redescendit dans le neuvième, empruntant la rue des Martyrs et son encombrement de marché. Elle remonta vers le petit square de la rue de Bruxelles et se réchauffa un moment au milieu des enfants sérieusement et bruyamment appliqués à jouer, puis redescendit vers la rue d'Amsterdam qu'elle remonta de tapis en tapis jusqu'à la place Clichy.

C'était une bonne heure pour le « Wepler » et quelques huîtres accompagnées d'un bon blanc un peu fumé.

Elle était en train de suivre d'un œil amusé le vendeur de chaînes en or à la sauvette, nouvellement débarqué, à qui on avait dû indiquer comme une blague que Barbès, c'était là.

Pressentant qu'il n'était pas sur le bon terrain, il manquait terriblement de conviction.

La tête d'Anne qui le suivait à son rythme lent sur la gauche, repartit brusquement vers la droite.

Claude venait de croiser le jeune Africain.

Elle cogna contre la vitre, violemment, une série de coups secs qui fit se retourner une dizaine de personnes dont le vendeur africain qui s'affola une seconde, se croyant repéré, puis sourit largement à cette cliente potentielle mais embarrassante, puisqu'il ne pouvait pénétrer dans un lieu public sans être assuré de se faire vider, avant de comprendre que c'était le jeune homme qui s'éloignait qu'elle convoquait. Il courut attraper Claude par la manche.

Celui-ci se retourna brusquement, visage tendu de masque de tragédie. L'Africain surpris levait les deux bras en signe de non-agression, puis lui indiquait Anne qui, de derrière la vitre, suivait avec passion le petit film muet.

Claude sembla se gonfler d'un courant d'oxygène. Toute sa personne se redressa un instant, puis il eut un regard éperdu derrière lui, comme s'il renonçait à la liberté, à l'avenir en un instant et, résigné, il s'avança vers Anne.

Elle n'avait pas de stratégie. Elle se promit d'avoir l'oreille musicale, puis s'aperçut dans un miroir de côté. Elle reconnaissait tous les symptômes : ses cheveux brillaient, sa peau diffusait un halo lumineux comme si une bougie avait été allumée à l'intérieur et elle trônait devant une platée de coquilles d'huîtres et une bouteille de blanc bien entamée. Tout cela puait les festivités.

Une chose était sûre : on ne peut pas mentir sur un état intérieur.

Quand Claude se retrouva debout devant elle, la regardant avec une tristesse résignée, elle lui indiqua, d'un geste gracieux, la chaise en face d'elle et s'écria :

— Je le savais ! Je le savais ! Et parce qu'il faut croire aux bonnes intuitions pour qu'elles marchent, j'ai décidé de fêter notre rencontre par avance. Excuse-moi de ne pas t'avoir attendu pour les huîtres, mais j'avais faim. Excuse-moi. C'est vrai que j'ai eu affreusement peur. Où étais-tu ? Pourquoi n'es-tu pas venu ?

Elle aperçut l'espoir se faufiler dans le cœur de Claude :

— J'y étais.

— Mais ce n'est pas possible. L'endroit est si petit. On ne pouvait pas se rater.

— Quel endroit ?

— Le seul endroit où nous soyons allés ensemble. Le couscous !

— Mais moi, j'étais rue Legendre.

— Tu es allé chez mes parents ?

— Non, je suis resté en bas.

Elle avait tout imaginé, expliqua-t-elle. Que la police l'avait trouvé, qu'il se méfiait d'elle, qu'il lui en voulait d'avoir disparu l'autre jour. Elle parla, parla, avec un débit à peine accéléré, avec une joie vitale qui devait entraîner Claude, l'extirper des eaux sombres dans lesquelles il semblait flotter.

A un moment, elle posa sa main sur la sienne, puis, revoyant ce même geste accompli par Martin le matin, elle la retira et Claude vint la lui reprendre.

Elle raconta qu'elle avait eu peur de ce qui se passait en elle, et avait quitté l'hôtel à l'aube. Et quand elle était revenue le chercher, non seulement il était parti, mais la police était là.

Ecœurée, elle se disait que le véritable amour ne se raconte ni ne s'explique par les mots, mais qu'heureusement Claude ne le savait pas. Il absorbait comme une grosse éponge tout ce qui émanait d'Anne.

Il l'aimait. Elle allait le trahir. Il fallait le faire le plus salement possible, pour ne lui laisser aucun vain espoir.

Puis elle se tut pour essayer d'être un peu à la hauteur. Il ne posa aucune question sur ce qu'elle savait, sur ce que la police avait dit, mais se pencha vers elle et, pour lui, ils étaient vraiment seuls au monde.

— Est-ce que tu vas venir avec moi, rester avec moi ? J'ai besoin de savoir.

— Oui, répondit-elle, fascinée par cette situation dont elle était l'actrice principale, mais qu'elle observait de l'intérieur, comme un spectateur qui se retrouverait sur la scène, partie prenante à l'action et public simultanément.

Ils sortirent. Elle était emmenée à la dérive par un noyé.

Elle songea : dommage, il est plus intéressant que Martin. Elle ne pensa pas à avoir peur ni à s'interroger sur l'endroit où il l'emmenait. Il lui tenait la main très serrée et légèrement en l'air, comme s'il aidait à la porter.

Ils devaient avoir l'air normaux puisque personne ne les regardait, ou peut-être n'y avait-il plus aucune règle de normalité dans la ville.

Elle était un peu ivre. Elle le sentait aux minuscules trébuchements de son pied sur des obstacles inexistants, à la brume dans laquelle se mouvait sa pensée. Ça fait du bien de marcher, se dit-elle confusément, malgré l'accélération de leurs pas qui semblait indiquer qu'ils approchaient du but.

C'était la parole qui les rapprochait de leur destination.

Ils se trouvaient alors près du parc Monceau.

— Il faut que tu saches, commença-t-il simplement.

Il ne raconta pas sa rencontre avec Martin où il se sentait perdant. Il commença par sa nuit blanche dans la forêt, et par les arbres qui dureraient plus que lui, c'était une chose entendue, mais qui duraient surtout depuis plus longtemps et avaient quelque chose à dire sur le temps élastique auquel nous attribuons arbitrairement durée et mesure. Claude avait donc décidé de l'abolir, d'abolir le passé comme l'avenir.

— J'ai quand même failli détruire ma vie à essayer de réécrire le passé pour avoir un avenir.

Anne écoutait d'une oreille distraite, plus occupée de leur curieux itinéraire qui devait forcément les mener quelque part que des considérations trop abstraites à son goût de son compagnon.

Place des Ternes, ils étaient remontés vers l'Etoile, avaient amorcé la descente des Champs qu'Anne jugea avec sa réprobation coutumière.

A la Concorde, qu'Anne chérissait par contre, ils oscillèrent vers la Chambre des députés.

« Donc, il ne veut pas me noyer » se réconforta Anne.

Car il lui semblait que Claude parlait pour ne rien dire.

Elle ignorait qu'il n'avait jamais eu d'interlocuteur et, l'aurait-elle su, qu'elle y serait restée parfaitement indifférente, n'ayant elle-même, pour autant qu'elle s'en souvienne, eu, de sa vie, qu'un seul interlocuteur, son professeur de philosophie avec laquelle elle s'empoignait verbalement, ingurgitant livre après livre pour affiner ses méthodes de raisonnement et faire front aux attaques de cette femme qui jugeait son esprit naturellement doué, mais se désolait de son pragmatisme nihiliste.

Anne lui envoya au passage un petit salut affectueux, puis décida de s'intéresser à cette parole jaillissant à ses côtés.

C'était vrai. Claude n'avait jamais parlé.

Petit, trop timide, il tournait cent fois dans la bouche un préambule ordinaire et en concluait que cela n'intéresserait personne. Les jours sombres, il considérait n'avoir rien à dire de probant, les jours fastes, il considérait que personne n'était à même de le suivre sur de tels sommets.

Le silence avait donc régné, lourd de secrets et de malheur indicibles, puis de vide.

On commence par se déshabituer de parler, puis de penser.

La mère de Claude avait réduit son monde à de petits gestes quotidiens répétitifs, devenus inoffensifs à l'usage. Le départ de Claude l'avait soulagée car, même dans son état aphasique, il avait représenté un élément de vie, donc de danger.

A partir de là Claude avait choisi de ne faire que des rencontres devant le rapprocher de l'exécution de son projet. La parole, devenue utilitaire, restait donc insensée. Et voilà qu'il s'épanchait, qu'il se nourrissait, qu'il respirait d'un récit vivant, mobile, fertile.

Il ne racontait pas que la vérité, il en était conscient, comme lorsqu'il avait évoqué son père allant voir le général Salan en Espagne et lui disant :

— Mon général, l'Algérie sera française avec vous ou mourra avec nous.

Ce vieux crocodile de Salan aurait alors furtivement essuyé une larme et répliqué :

— Commandant, je vous ai compris.

Mais c'était juste pour la faire rire. Sur l'essentiel, il disait la vérité, la seule qu'il eût jamais connue, qui était qu'il l'aimait, qu'il n'était plus seul, plus jamais.

Il lui avait raconté dans le désordre tout ce qu'elle savait déjà à peu près et ils se trouvaient maintenant boulevard Raspail.

« Si c'était pour me faire l'amour » pensa Anne, « il ne m'imposerait pas un tel marathon ».

Elle avait décidé de rester imperméable à ses épanchements amoureux. Elle n'aurait pu que lui répondre que l'amour était à la fois plus simple, plus compliqué et plus total que cela. Et elle lui aurait ressorti sa théorie de la réciprocité qui permettait de s'épargner bien des souffrances.

Alors pourquoi n'était-elle pas avec Ricardo ?

Parce que l'amour l'empêchait d'agir, lui avait-il expliqué.

Elle aurait pu dire à Claude que sa journée se présentait comme un miroir, inversé en son milieu : elle désirait Martin sans l'aimer, Claude l'aimait sans la désirer.

Ce qui lui rappela qu'il faudrait quand même en passer par là si elle voulait accomplir sa mission.

A hauteur du Bon Marché, il la regarda d'un œil critique, s'interrompant tout à coup :

— Je t'aimais mieux en pantalon comme l'autre jour.

C'était le regard des enfants qui disent : « T'es pas belle. »

Elle se sentit inadéquate et déguisée.

Dans des moments comme ceux-là, sous l'effet conjugué d'une douce ivresse et de la fatigue mécanique de ses membres, regardant son visage marqué d'insomnie et de rage, jamais totalement apaisé, elle se disait :

— Et pourquoi pas ? Pourquoi ne pas s'attacher à un fou délirant, paranoïaque dangereux et absolu et décider de me consacrer à lui ?

Cela pouvait compenser une vie sans illusion. Elle n'essaierait pas de le guérir, non, elle accommoderait le monde à son délire. Maintenant qu'elle connaissait Martin, il serait facile de reprendre la machination de Claude et de l'amener à terme. Il y aurait quelque chose de beau à détruire la vie d'un homme de pouvoir et de mensonge. Contrairement à ce que pensait son professeur de philo, elle avait un goût secret pour l'absolu.

Claude, dont le récit chronologique osait parfois de brusques retours en arrière ou échappées vers l'avant, était en train de raconter avec verve son entrevue avec un adjudant qui avait pris une retraite anticipée et durait, contre toute attente, dans un meublé à Clichy. Ce même homme avait rendu des visites nocturnes et discrètes à sa mère, veuve loyale et héroïque, contrairement à sa propre femme qui n'avait même pas attendu son retour d'Algérie.

Cet homme, qui avait eu la foi et l'avait vue trahie, qui avait connu l'ignominie, qui avait commis toutes les erreurs, n'avait rien appris.

L'amertume et la haine l'avaient conservé comme le vinaigre les cornichons. Il avait suivi de loin l'ascension de ceux qu'il considérait comme ses ennemis personnels, les hommes politiques, et Martin Gordes.

A Claude, il avait dressé le portrait de son père comme d'un héros hors du commun, humble et généreux, et de Martin Gordes comme d'une infâme termite qui, par son travail souterrain, avait fini par « casser la baraque ».

La haine de l'adjudant, obsessive et systématique, l'avait poussé à découper pendant des années, dans toute la presse, toute information se rapportant aux « infâmes ».

Claude avait pu réunir, grâce à lui, un dossier formidable qui avait constitué la base de tout son travail.

Le bonhomme, rasséréné sans doute de voir une main jeune reprendre le flambeau de la haine et de la vengeance, s'était éteint peu après, résigné à l'oubli.

Duroc, remontée en biais, les menait à la gare Montparnasse.

« Il m'emmène à la mer, se dit Anne. C'est à cause des huîtres. »

Claude continuait inlassablement de parler et de marcher, de marcher et de parler et Anne sentait sur ses lèvres un sourire vague dû à l'épuisement.

Ils pénétrèrent dans la gare, se dirigèrent vers les consignes. Claude, tout en parlant, décrocha un lien de cuir qu'il avait autour du cou et dont il fit surgir deux clés.

— La vie et le destin de Gordes ont été ma vie et mon destin. Aujourd'hui, par toi, nos chemins vont se séparer. Mais je veux que tu aies tout regardé, car cette boîte, ce journal contiennent tout ce que j'ai jamais été.

Et il sortit de la consigne la longue boîte de métal et le journal relié.

Il avait parlé sans emphase. Il ne s'imaginait pas lui proposer un trésor rare, mais c'était tout ce qu'il possédait et il lui en faisait don.

Anne se mit à rire :

— Nous sommes tous les deux des bohémiens. J'ai, moi aussi, toutes mes affaires dans une consigne de gare. D'où mon deuxième point : où m'installer pour lire tout ça ?

— Je ne sais pas, répondit-il avec une simplicité effrayante.

Il avait décidé d'abandonner peu à peu ses différentes peaux. Il voulait être un nouveau-né naïf et sans passé.

— Je voudrais retourner dans nos quartiers, dit-elle doucement.

C'était une bonne idée. Claude s'assura qu'elle avait un passeport en règle, puisqu'ils allaient quitter le pays. Lui aurait pas mal à faire, pas le temps de s'occuper d'elle. Oui, qu'elle aille donc chez ses parents.

— Mais cette fois, on prend un taxi.

— Tu es fatiguée, s'étonna-t-il.

Lui ne l'était pas du tout. Cela se sentait à sa démarche bondissante. Tout était réglé. Ce soir, Anne l'aiderait à décider de l'usage à faire de ses papiers. Puis ils partiraient. Il n'aurait plus jamais le poids des décisions irréversibles. Il avait une femme. C'était sa femme. Il pouvait compter sur elle.

Il n'osait pas la regarder car il la trouvait à chaque fois plus jolie et il avait peur de paraître ridicule dans son admiration.

Il se permettait juste un petit coup d'œil à la dérobée de temps en temps, pour la joie. Elle serait son sésame.

Une fille d'une classe pareille lui ouvrirait toutes les portes. Ils se présenteraient comme un jeune couple lassé de la vie ordinaire, un jeune couple courageux, prêt à retrousser ses manches, sérieux.

— L'Australie.

Anne le regarda, surprise, puis ses yeux s'arrondirent, elle se figea, murmura très vite :

— Prends ça, attends-moi et surtout ne bouge pas, ne montre pas que tu me connais.

Il la vit se précipiter vers un grand type balèze, le saluer avec effusion, lui parler abondamment tout en l'accompagnant jusqu'à l'escalier mécanique qui montait vers la rue.

Son trésor venait de lui être balancé dans les bras comme une chose encombrante et misérable. Il se faisait l'effet d'un piquet mal fiché en terre, un peu penché, un peu branlant.

Elle pouvait ne pas revenir. Est-ce que ce ne serait pas toujours le problème, qu'elle puisse ne pas revenir ? Accepterait-elle de ne jamais le quitter physiquement, elle qui s'éloignait si facilement ?

Anne avait tout de suite reconnu Roger Lanteau et s'était précipitée pour éviter le pire : la confrontation.

— Ah, monsieur Lanteau. Je suis contente de vous voir. Je vous croyais parti. Vous n'êtes pas parti ? Je serais passée vous voir autrement. Mais vous m'aviez bien dit que vous partiez ?

— Il ne servait à rien que je parte, s'il n'a servi à rien que je vienne.

— Vous n'avez pas revu la police ? Cela ne vous ennuie pas de m'accompagner dehors ? J'ai un bus à prendre et je suis déjà en retard.

— Bien sûr. Vous avez vu Claude Rolland ?

— Non, justement, c'est bien ça l'ennuyeux. Je l'ai eu au téléphone. Il ne connaissait pas votre Suzanne et en plus il n'est pas à Paris.

— Je vois. Je n'ai donc aucune raison de rester. C'est ce que vous voulez dire. C'est juste. Ça m'aidait, de croire que Suzanne reviendrait un jour, mais maintenant...

— A vous de voir. Mais bon, voilà. Je vous souhaite bon courage et désolée, vraiment.

Elle partit en course gracieuse vers un bus qui s'éloignait, fit des signes désespérés au chauffeur qui, compatissant, s'arrêta pour lui ouvrir les portes. Elle le remercia d'un sourire à dix-huit carats, puis dès qu'il eut tourné, se frappe le front :

— Vous n'êtes pas le 84 ? C'est le 84 que je dois prendre. Et en plus, je suis hyper pressée.

Hyper lui était venu parce qu'elle venait de décider qu'elle était une vendeuse de chaussures de la rue Saint-Placide qui, dans son esprit, usait forcément de mots comme hyper. Elle mentait mieux quand elle faisait en sorte que ce soit vrai pour elle.

— Faites attention la prochaine fois, grommela le chauffeur en s'arrêtant une deuxième fois. Il s'attira une série de ces regards courroucés qui s'imaginent capables de traverser la nuque des chauffeurs de bus et de les rendre penauds.

Mais c'est bien Anne qui partit en courant, prit le temps de vérifier que la voie était libre et se précipita dans la gare, folle d'inquiétude à l'idée de ne pas retrouver Claude.

C'est ce qu'il vit d'abord, son affolement, mais la colère avait lentement monté et échappait totalement à son contrôle.

Il y eut juste une petite part de lui pour constater : « Ah, elle a eu peur de me perdre, je l'ai donc bien réduite. »

Mais l'autre part explosa :

— Qui était ce type ? Ça va pas de me lâcher comme ça, comme un con, sans explication... d'où tu...

— C'est le mari de Suzanne.

— Non, ce que je te demande, c'est... Quoi ? Suzanne n'avait pas de mari !

— Elle ne te l'avait jamais dit, mais elle était bel et bien mariée.

— Tu ne peux pas trouver mieux, comme invention ?

— Oh ! et puis pense ce que tu veux, après tout.

Elle commença de s'éloigner, sincèrement furieuse de la situation, d'avoir couru, effort qu'elle haïssait, de devoir jongler avec les événements. Elle laissait tomber. Voilà.

Claude, tout encombré de sa boîte fatale et de son grand livre, se mit à marcher derrière elle, essayant de diriger sa bouche le plus possible vers l'oreille d'Anne qui lui compliquait la vie en remuant la tête, en regardant obstinément vers la gauche quand il était à droite et *vice versa.*

— Comment tu l'as rencontré d'abord ? Tout ce que tu sais, comment tu le sais ? Pourquoi tu ne m'as jamais parlé de toi ? C'est vrai. Je ne t'ai pas posé de questions, mais Anne, arrête, Anne, regarde-moi. Anne, ne me laisse pas.

Et c'est lui qui s'arrêta, pas par décision, mais parce que la peur le paralysait.

Il avait soudain pensé : « C'est fini. Elle s'en va. » Et tout s'était arrêté.

Anne l'entendit dans sa voix. Elle ralentit malgré elle puis se traita de poire et d'imbécile, jura *in petto*, puis revint sur ses pas et, forçant un sourire :

— On s'en souviendra comme de notre première dispute.

Et avec ce curieux instinct maternel qui se manifeste chez toutes les femmes à un moment ou à un autre avec plus ou moins de bonheur, elle le serra contre elle, boîte et journal coincés entre eux. Comme une statue mal dégrossie qui n'a pas encore trouvé sa place définitive, ils restèrent longtemps au milieu du grand hall, bousculés par les voyageurs pressés et les oisifs égoïstes.

Une heure et demie après, ils se séparaient sans discours au pied de l'escalier des parents d'Anne. Il lui avait simplement dit :

— Tu seras plus en sécurité ici, cette nuit. Je suis sans doute recherché et à deux tout devient compliqué. J'achète nos billets. Je règle deux trois trucs. De toute façon, la nuit sera courte.

Elle ne dit rien, persuadée qu'elle le voyait pour la dernière fois.

ANNE

Anne entra dans l'appartement sombre où brillait seulement la lumière de la cuisine. Là, sa mère contraignait son père à lire le journal tandis qu'elle épluchait les légumes pour économiser l'électricité.

Anne se tint un moment silencieuse dans l'entrée, car elle venait de renifler la même odeur que Claude exhalait. Ils avaient une misère en commun à laquelle il était vain de croire qu'on échappait.

« Je suis faite de cette tristesse, de ce monde étriqué, de ce silence. » Pour la première fois, elle se demanda sur quels rêves fous ses parents avaient posé les bases de leur futur chateau transformé en bicoque au fil des années.

Elle les aima un bref instant volé au temps et conservé pour l'éternité invisible dans l'atmosphère du petit appartement.

— C'est toi, Anne ? Tu ne m'avais pas prévenue que tu rentrais dîner.

Le petit charme s'évanouit devant l'irritation de sa mère et Anne se força à paraître à la porte de la cuisine en se demandant quel âge elle avait pour avoir encore si peur. Une de ces questions vertigineuses qui remplissaient son petit barda.

— Tu as mauvaise mine, ajouta sa mère, plus par automatisme que par observation.

— Non, ça va. De toute façon, je n'ai pas faim et j'ai du travail à faire. Cela ne vous ennuie pas que je dorme encore ici cette nuit ?

— Tu es chez toi, Annette.

La voix de son père était tendre et inquiète.

Anne fut saisie par l'émotion. « Trois fois dans la même journée, je frôle l'overdose », se moqua-t-elle intérieurement.

Mais sa mère avait aussi remarqué les yeux brillants et toute la famille, saisie d'une pudeur embarrassée, se tut.

Anne alla les embrasser en leur souhaitant bonne nuit. Elle n'avait pas l'intention de manger.

Elle s'enferma dans sa chambre.

Par terre, elle ouvrit d'abord la boîte de fer. Des coupures de journaux, des photos, des photocopies, des lettres, des papiers en carton officiel débordaient de leur container une fois le couvercle soulevé.

Patiemment, Anne se mit à faire des petits tas, lisant une ligne par ci, une ligne par là. Il y avait des mots soulignés, des points d'exclamation. C'était comme de faire une lecture commentée.

L'heure du châtiment approche. Nous n'ignorons pas qu'il sera douloureux : tels des rats pris dans une nasse, ceux qui se prélassent dans le fromage de la démocratie sont prêts à mordre.

C'était une mosaïque sans dessin apparent représentant une époque dont Anne ne savait presque rien, si ce n'est ce que les recoupements des récits de Claude et de Martin lui avaient fait comprendre.

Elle s'arrêta sur une photo qui la fit plonger dans une rêverie vertigineuse. Claude et Martin, dans des uniformes kakis, appuyés contre des rochers, mangeaient dans des boîtes de conserve.

Il y avait une date au dos, 1958 et la notation : Martin Gordes et le commandant.

Martin était le jeune bien sûr et le commandant devait être le père de Claude. Mais Martin jeune avait quelque chose de Claude, et le père de Claude quelque chose de Martin. Elle avait bizarrement mélangé les visages et les identités.

Elle lut des lettres de recommandation pour Martin Gordes, pseudonyme Martial.

Il y avait même une lettre manuscrite de Martin et ce qui ressemblait à une carte de membre de l'O.A.S.

Elle fit un tri patient des documents dangereux et des autres.

Puis elle ouvrit le journal, regarda le début, feuilleta et parcourut des bribes.

Les entrées étaient irrégulières. Un mois passait sans commentaire, puis, pendant une semaine, à chaque jour correspondaient des pages de texte serré, parfois illisible, parfois délié.

Elle lut quelques pages de la fin, puis reprit depuis le début.

Elle sut qu'elle allait tout lire car cela dépassait de loin toutes ses histoires inventées.

Il y aurait eu une analyse simpliste à faire de ce jeune garçon sans père, à la mère littéralement effacée, n'ayant aucun modèle de référence sinon la figure écrasante du défunt, sur qui pesait le sentiment d'une injustice essentielle annulant le destin du père et empêchant celui de sa descendance. Mais cela n'intéressait pas Anne. Elle était passionnée par la violence, l'obstination, les projections délirantes d'un homme qui avait tout de même réussi à maîtriser ses pulsions assez pour accumuler les données, pour convaincre des gens de l'aider, pour gagner de l'argent, malhonnêtement parfois, mais toujours avec effort, en prenant des risques.

On le sentait, à chaque page, au bord de l'effritement. Sa personne humaine semblait n'avoir tenu que par la tension du grand projet salvateur.

« C'est un génie », pensa Anne sérieusement.

Plus elle avançait, plus elle cherchait une solution qui sauvât tout le monde.

Le journal disait tout. Il assurerait la condamnation de Claude devant n'importe quel tribunal. Le détruire donc, ce qui serait une première infamie. Elle pouvait l'assumer. Rendre les papiers compromettants à Martin qui serait ravi de reprendre sa vie comme avant. Puis convaincre Claude de repartir à zéro et de renoncer au passé.

Serait-elle jamais un projet suffisant pour contenir une telle créature de lave ? Et le voulait-elle ?

La lettre recommandée annonçait à Françoise Beaujour le remboursement d'un trop-payé sur ses impôts. Elle la déchira en mille morceaux.

Pourquoi se sentait-elle responsable de ces gens qui ne lui étaient rien ? Fallait-il à tout prix justifier son petit passage à la vie ?

Ce qui l'emporta, à la fin, sans qu'elle le sache, c'était la curiosité. Elle pressentait un mystère qui rendrait cette histoire inévitable et juste. Elle voulait savoir et toutes ses belles justifications n'étaient que le masque qu'empruntait son insatiable curiosité.

MARTIN

Martin attendait. Il avait commencé d'attendre en se réveillant. Il était à la fois repu et insatisfait. Si tout allait bien, l'histoire se conclurait tout à l'heure, au plus tard demain et, petit à petit, le sable viendrait recouvrir ces événements qui ne laisseraient pas plus de traces que le souvenir évanoui d'une empreinte.

Il savait pourquoi il était mélancolique. Il s'était réveillé, des images de Suzanne et de Françoise venant se superposer aux images de la nuit, et il en avait ressenti un malaise obsédant. Il se rappelait vaguement des rêves érotiques où son corps n'était qu'une machine manipulée par des femmes qui se succédaient au-dessus de lui ou s'acharnaient, réunies, à des caresses, des frottements, des explorations intimes. C'était une image à la Gulliver, un grand corps géant paralysé et de petites mains baladeuses, éhontées qui le parcouraient de haut en bas.

Il lui en restait une impression pénible et humiliante... Il se sentait exploité, vidé, pompé, avili.

La jeune fille avait déclenché ces images. Elle avait une façon de se jeter dans l'amour, de prendre, puis, arrivée à satiété, de rouler sur le côté comme on repousse son assiette après avoir mangé tout son content.

Rien à voir avec Suzanne qui avait évoqué pour Martin les geishas de son imaginaire, vouées au plaisir de l'homme, actives et soumises tout ensemble.

Il se leva d'un bond, décidé à faire quelque chose car l'image grotesque du cadavre qu'était devenue Suzanne venait de se superposer aux images d'amour qui défilaient sous ses paupières.

Il alla se doucher. Il avait oublié que le petit pommeau ne donnait qu'un filet qui évoquait plus une fuite d'eau que la douche énergique et puissante dont il avait besoin.

Il remarqua une prise électrique incertaine, fouilla un peu pour trouver un tournevis et répara la prise en un tour de main.

Son ventre commençant à crier famine et, le frigo étant vide, il descendit faire quelques courses, acheter les journaux avant de s'installer devant un petit déjeuner d'importance.

En fait, il s'endormit, émergeant régulièrement du sommeil, regardant l'heure puis replongeant dans son *no man's land* personnel.

Il venait, sans le savoir, de repasser dans son monde antérieur.

Une fois, le téléphone sonna et il décrocha avant même d'être réveillé, mais personne ne répondit.

Quand on sonna à la porte, il alla ouvrir encore enveloppé dans un drap, l'œil chiffonné.

Anne entra d'un pas rapide, lançant juste un petit « salut » désinvolte par-dessus son épaule.

CLAUDE

En bas, caché derrière le réduit à poubelles, dans les odeurs douceâtres et écœurantes des déchets pourrissants, Claude s'appuya au mur pour ne pas s'affaisser. Il ne savait pas encore ce qui lui était tombé dessus. L'effondrement était si complet que, pendant quelques secondes transformées en éternité, le bâtiment tint encore, par un miracle de volonté, avant que l'atomisation ne laisse qu'un tas de gravats dont rien n'indiquait qu'ils avaient été une habitation, qu'ils aient eu existence ou signification.

Claude n'avait pas menti à Anne. Il avait fait tout ce qu'il avait dit. Il avait même réussi à récupérer de l'argent. Il était porté par l'exaltation et les gens qui le connaissaient le regardaient d'un air bizarre comme s'il ne se ressemblait déjà plus.

La sensation, à chaque étape, qu'il disait adieu, adieu à jamais, l'emplissait de joie.

Il avait décidé de ne pas avoir tout de suite d'enfants, d'attendre d'être un peu fixé. Il avait choisi de ne pas emporter de bagages. Et c'est là que l'idée était venue. Pas de bagage signifiait légèreté et innocence. Participait aussi à sa décision le désir de faire partager son bonheur.

Il avait appelé chez Maryse pour s'assurer que Martin y était. Et il était venu.

Sa première idée fut de sonner, de dire à Martin :

— Je quitte le pays. Vous n'avez plus rien à craindre de moi.

Saisi de timidité sur le palier, il était redescendu chercher de quoi écrire et finissait de rédiger un mot satisfaisant quand il avait vu Anne traverser la cour, une grande enveloppe de papier kraft qu'il reconnut aussitôt à la main.

Dans un éclair qui lui brûla la cervelle, il sut qu'elle l'avait trahi trois fois, qu'elle lui avait menti, que rien n'était vrai et que l'avenir n'existait pas.

Sa lettre disait :

Cher Martin,

Car, peut-être n'en serez-vous pas plus étonné que ça, vous m'êtes cher. Ma vie a brutalement, extraordinairement et magnifiquement changé hier. Je pars. Avant de renaître, je fais le ménage. Je compte donc détruire tous les papiers que vous savez. Ne vous faites pas de souci. Vous ne risquez plus rien. Je vous salue cordialement. Bon retour.

Il la chiffonna dans sa poche.

Tous les jours passés défilèrent dans sa tête. Comment Anne l'avait rencontré, le lien qui l'unissait à Martin, comment elle avait su pour Suzanne, pour son mari avant qu'il ne lui en parle.

Une minuscule flamme vacillante brûlait encore en lui, juste de quoi accomplir son dernier acte avant le baisser du rideau.

Pendant que Martin s'affairait autour de la cafetière, Anne, posément, sortait les papiers de l'enveloppe en les nommant l'un après l'autre. Elle affermit la pile avec l'étui à cigares ramassé au « Village » il y avait quelques années lumière de cela...

— Voilà. FIN. Qu'est-ce que tu vas faire maintenant ?

— T'offrir un bon café et te remercier plus correctement après.

— Je parle des papiers.

— Les brûler. Dans la meilleure tradition. Ne me dis pas que ça te rend triste ?

— Bon, j'y vais.

Elle se leva. Il resta idiot, la cafetière en l'air.

— Mais tu ne peux pas partir comme ça. Après tout...

— Pourquoi non ? Il ne s'est rien passé.

Et c'était vrai. Elle ne le voyait même plus, bien qu'ayant l'œil sur lui...

Il était rentré dans le rang à plus d'un titre. Il était devenu invisible.

Prise de vertige, il lui parut, un bref instant, que tout n'était qu'illusion, puisqu'un homme qui l'avait fait exister pouvait se dissoudre comme un rien.

Elle eut un petit pincement quand la porte se referma derrière elle, parce qu'il lui semblait que les portes n'en finissaient pas de se fermer sur son chemin. Elle continuait d'avancer dans un corridor dont les portes finiraient par ne plus s'ouvrir.

Elle sursauta car une porte, une vraie porte, béait, noire, sur sa gauche. Irrésistiblement, elle tourna lentement la tête, puis le corps, puis ses pas vers le trou dans le mur.

Elle tremblait un peu comme si quelque chose allait tout résoudre. Une silhouette se dessina. Elle ne reconnut pas tout de suite le visage livide, défiguré comme sous l'effet d'une migraine mortelle. Elle comprit tout en une fraction de seconde.

Elle voit le couteau dans sa main, elle aimerait avoir le temps de lui dire qu'il se trompe, pour qu'au moins il ne reste pas sur un tel désespoir, elle ne peut que crier, « Claude », et dans le même temps que le couteau s'enfonce dans son ventre, une dernière image saugrenue s'ébauche et reste inachevée : elle, petite, trépignant devant la porte qui s'ouvre enfin sur la chaleur et la haute silhouette rassurante de son père. Le noir vient tout effacer.

Martin avait rouvert sa porte et il ne comprit pas tout de suite ce qui se passait car Claude, les bras autour d'Anne, accompagnait sa chute pour l'amortir et il resta courbé au-dessus du corps amolli de la jeune fille.

Martin fit un pas et dit :

— Claude, qu'est-ce qui se passe ?

Claude leva vers lui un visage baigné de larmes et, en hoquetant, lui dit :

— Elle, tu n'aurais pas dû. C'est moi qu'elle aimait.

Martin ferma les yeux et l'homme invisible trouva enfin son visage, celui du commandant, se tournant vers lui, laissant retomber sa mère sur le lit aux draps blancs.

D'une voix d'enfance, qu'il n'entendit pas plus que Claude ni Anne, il prononça :

— Maman.

Il ne saurait jamais.

EPILOGUE

Quand on voulut enlever à Claude la petite perle qu'il portait dans la poche, il devint comme un forcené et on la lui laissa. Il la garda dans son poing tout le temps du procès mouvementé où, contre toute raison, il maintint que Martin Gordes était le responsable des trois meurtres pour lesquels il était jugé.

Martin Gordes vint témoigner et fit son possible pour atténuer les responsabilités du jeune homme qui est enfermé maintenant en hôpital psychiatrique.

Martin Gordes ne révéla à personne son intuition que le jeune homme était peut-être son demi-frère, les circonstances difficiles où ils se trouvèrent confrontés rendant impossible de pouvoir envisager une quelconque ressemblance entre deux hommes aussi dissemblables.

Les papiers de Martin Gordes avaient été trouvés dans le placard de la chambre 12 par un client désargenté qui les vendit à une relation bien placée dans le trafic des papiers volés. Ils réapparurent au bout de quelques mois.

Le père d'Anne devait se suicider un an jour pour jour après la mort de sa fille.

Moi, Rose, j'ai épousé Martin. Il avait compris ce que je savais depuis longtemps, c'est-à-dire de quoi il avait besoin, que j'étais à même de lui procurer.

Il croit avoir changé de vie. Il n'a fait que trouver femme.

C'est grâce à lui, grâce aux parents d'Anne et grâce à Claude, que je suis allée voir régulièrement à l'hôpital, que j'ai pu recomposer cette histoire, dont j'ai eu, comme prévu, l'exclusivité. Bertrand, de toute façon, était tenu à la discrétion par son journal.

J'ai appris à Claude pourquoi Anne était venue voir Martin une dernière fois.

Je ne sais pas si j'ai eu raison.

Il ne parle plus et passe ses journées à noircir des pages de propos insensés.

Imprimé par Offset Bretolienne
27160 Breteuil-sur-Iton
N° d'imprimeur : 501

Dépôt légal : mai 1992
N° d'édition : 2546